पक्षद्रोह

एक कथानक को संतुलित विस्तार देना और विविध पात्रों को उनका उचित स्पेस देते हुए रोचक तत्त्वों को समाहित करना सुगम नहीं होता है। कई बार अतिरेक में बह जाने का भय होता है, लेकिन उपन्यास लेखन के क्षेत्र में पहलकदमी करते हुए प्रदीप पांडेय ने संतुलन बनाए रखा है, जिससे उपन्यास की रोचकता आद्योपांत बनी रहती है। यह उपन्यास सामाज में व्याप्त दूषित व्यवस्थाओं की वास्तविकता से अवगत करता है।

—डॉ. सुश्री शरद सिंह

प्रख्यात उपन्यासकार

पक्षद्रोह

प्रदीप पांडेय

प्रकाशक
प्रभात पेपरबैक्स
प्रभात प्रकाशन प्रा. लि. का उपक्रम
4/19 आसफ अली रोड, नई दिल्ली–110002
फोन : 23289777 • हेल्पलाइन नं. : 7827007777
इ–मेल : prabhatbooks@gmail.com ❖ वेब ठिकाना : www.prabhatbooks.com

संस्करण
प्रथम, 2022

मूल्य
दो सौ पचास रुपए

मुद्रक
आर–टेक ऑफसेट प्रिंटर्स, दिल्ली

★

PAKSHDROHA
Novel by Shri Pradeep Pandey

Published by **PRABHAT PAPERBACKS**
An imprint of Prabhat Prakashan Pvt. Ltd.
4/19 Asaf Ali Road, New Delhi-110002

ISBN 978-93-5521-248-1

₹ 250.00

पक्षद्रोह : एक उपन्यास

मैंने श्री प्रदीप पांडेय के 'पक्षद्रोह' उपन्यास का सांगोपांग और आद्यंत अध्ययन किया है। देश की समकालीन आंतरिक विडंबनाओं में से एक है—घूसखोरी। इस बिंदु पर न तो कोई बड़ा वैचारिक आंदोलन खड़ा हुआ और न ही इस पर कोई सुचिंतित विमर्श हुआ। एक अनथक प्रयास का निरर्थक अंत उपन्यास की उपलब्धि है। यही वह आवश्यक प्रयत्न है, जो सोते हुए देश को घूसखोरी के विरुद्ध जाग्रत् करने का कार्य कर सकता है।

रिश्वत के भ्रष्टाचार को शिष्टाचार कहनेवाले वे पिछलग्गुए आज भी मिल जाएँगे, जो अंग्रेज अधिकारियों के यहाँ डाली में फ्रूट्स के नीचे नोटों की गड्डियाँ ले जाते थे और बदले में अपने कार्य में सफलता प्राप्त करते थे। यह ब्रिटिश परंपरा आज तक जारी है। जब गोरों की जगह काली जेहनियत की अंग्रेजी आकर डट गई, तो सिस्टम के कर्ता-धर्ताओं ने फल-मिठाई जैसे व्यर्थ और दिखाऊ आवरण निरस्त करते हुए डायरेक्ट लेन-देन, रेट-लिस्ट और परसेंटेज के नए आधार-नियम बनाए। यह इतने परफेक्ट और लोकप्रिय हुए कि काका हाथरसी जैसे प्रसिद्ध कवि ने पकड़े गए रिश्वतखोरों को ठेठ सलाह देते हुए लिखा—

कह काका कवि, काँप रहा क्यों रिश्वत लेकर।
रिश्वत पकड़ी जाए, छूट जा रिश्वत देकर॥

घूसखोरी जैसी महामारी पर केंद्रित यह संभवतः पहला उपन्यास है, जो मेरे पढ़ने में आया। यह लेखक श्री प्रदीप पांडेय की तीव्र और प्रभावी सामाजिक चेतना को भी रेखांकित करता है। अपने आसपास के वातावरण और उसमें व्याप्त विसंगतियों, विडंबनाओं, मिथ्याचार और घूसखोरी जैसी विकृतियों पर

उनकी पैनी नजर है, जो उन्हें रचनात्मकता के लिए सामग्री उपलब्ध कराती है। इस उपन्यास में उठाए गए, उनके विषय से एक व्यापक और बृहत् सामाजिक चिंता रेखांकित होती है। वे 'सोशल थिंकर' की भूमिका में हैं। उपन्यास की सबसे महत्त्वपूर्ण बात यह है कि यह पाठक की उत्सुकता और जिज्ञासा बनाए रखता है। श्री प्रदीप पांडेय ने इसमें पकड़ बनाए रखी है। वे अपने विषय से कहीं भी भटकते नहीं हैं। यह उनके लेखन की विशेष सार्थकता है।

भारतीय स्वतंत्रता के पश्चात् देश में व्याप्त सामाजिक विकृतियों और सत्ता के लिए चलनेवाले षड्यंत्र, उठापटक और बेइमानियों ने झूठे और मक्कार लोगों का एक नया सिस्टम खड़ा कर दिया, जो पलक झपकते गवाही गायब भी कर सकता है और प्रकट भी। श्री प्रदीप पांडेय इस पर बहुत निकट-दृष्टि से टिप्पणी करते हैं। उपन्यास का अर्थ ही है निकट से देखना। इस परिभाषा को श्री पांडेय भरसक निबाहते हैं। उपन्यास के अंत में पाठक विक्षुब्ध रह जाता है। यह शोभा ही उपन्यास की शक्ति है, बल है।

भारतीय जीवन में समाज की चिंता इसलिए सबसे अधिक महत्त्वपूर्ण है, क्योंकि जितना जातिगत, वर्गगत, वर्ण-आधारित, भाषा, प्रांत, संप्रदाय और रीति-रिवाजों में बँटा समाज यहाँ के आम आदमी के अधिकार-बोध को कुचलता है, उतना दुनिया में अन्यत्र देखने को नहीं मिलता। मनुष्य के उज्ज्वल पक्ष और समाज के संगठन को सबल बनाने के लिए रचना-धर्म के निर्वाह की जैसी चुनौती आज आधुनिक हिंदी साहित्य के सामने है, वैसी कभी नहीं रही। श्री प्रदीप पांडेय की सूक्ष्म और संवेदनशील दृष्टि अपने लेखकीय दायित्व का भरपूर निर्वाह करती है।

मैं कह सकता हूँ कि उपन्यास लेखन के नवागतों में श्री प्रदीप पांडेय बड़ी संभावनाओं के लेखक हैं। मेरी शुभकामनाएँ।

—सुरेश आचार्य

पूर्व अध्यक्ष हिंदी विभाग

डॉ. हरिसिंह गौर केंद्रीय विश्वविद्यालय

सागर (म.प्र.)

मो.नं. : 9826221961

मेरी बात

मैं समझता हूँ कि किसी भी घटना को परिस्थितिजन्य विचार-प्रधान लिखना कठिन ही नहीं, बेहद दुष्कर कार्य है। इस उपन्यास को लिखने के पीछे केवल एक ही कारण है और वह है—भ्रष्टाचार। जिससे मेरा व्यक्तिगत ऐसे सामना हुआ कि योग्य होते हुए भी अयोग्यता की पंक्ति में सिर्फ इसलिए खड़ा होना पड़ा, क्योंकि सोर्स और पैसों का अभाव अपने मुँह में मुझे दबाए हुए था। शायद ही देश में ऐसा कोई व्यक्ति हो, जिसका सामना कभी भ्रष्ट व्यवस्था, समाज या राजनीति से न हुआ हो। देश की ऐसी व्यवस्था से दो-चार होते आम आदमी और सिस्टम की कहानी है यह। चार-पाँच साल से सोच रहा था कि इस विषय पर कुछ जरूर लिखूँगा। इस बीच मेरे कई लेख अखबारों में छपते रहे, लेकिन कुछ बड़ा लिखने की प्लानिंग दिमाग में चल रही थी कि एक दिन मेरा लेख 'देशबंधु' समाचार-पत्र ने अपने संपादकीय पृष्ठ पर प्रकाशित कर दिया। इत्तेफाक से उसी दिन शहर की प्रसिद्ध साहित्यिक संस्था 'श्यामलम्' के अध्यक्ष श्री उमाकांत मिश्रजी ने, जोकि वनमाली सृजनपीठ भोपाल के सागर केंद्र संयोजक भी हैं, मुझे एक महत्त्वपूर्ण कार्यक्रम को संचालित करने का अवसर दे दिया। कार्यक्रम के बाद श्री मिश्रजी ने कहा, 'तुममें बोलने के साथ-साथ लिखने की भी योग्यता है, अच्छा लिख सकते हो!' मेरे मुँह से उत्साह में निकल आया, 'दादा, उपन्यास लिख रहा हूँ।' उन्होंने पूछा, 'किस विषय पर?' 'दादा, भ्रष्टाचार पर!' उन्होंने अपनी भृकुटि चढ़ाते हुए पूछा, 'शीर्षक क्या रखा है?' मैंने कहा, 'पक्षद्रोह!'

अब कह तो दिया, मगर उपन्यास लिखूँ कैसे? खाका तो दिमाग में पूरा

बन चुका था, लेकिन शैली व्यवस्थित नहीं थी। अतः दम मारकर लिखने बैठ गया और रात भर में बीस पेज लिख दिए। अब चूँकि श्री उमाकांत मिश्रजी, जोकि स्वयं को साहित्यकार भले ही नहीं मानते, लेकिन साहित्य के मर्म को अच्छी तरह समझते हैं। इसलिए उनके पास लिखा भेजने का मतलब या तो हलाल होना है या फिर परीक्षा में पास हो जाना। वे नंबर क्या दे रहे हैं, यह पता कर पाना भी कठिन प्रक्रिया है, क्योंकि वे मनोबल बढ़ाने के लिए कह देते हैं, 'हाँ लिखो, अच्छा लिख रहे हो'। इसलिए मैंने उपन्यास की पांडुलिपि पहले अपने बचपन के साथी डॉ. आशीष चाचोंदिया, जोकि वर्तमान में शाजापुर कॉलेज में असिस्टेंट प्रोफेसर हैं, को भेजना उचित समझा। शाम को ही उनका फोन आ गया और सबसे पहले पूछा, 'पांडेयजी, कभी किसी उपन्यास का अध्ययन किया है?' मैंने कहा, 'आज तक उपन्यास ही नहीं पढ़े।' उन्होंने कहा, 'लिख अच्छा रहे हो, लेकिन यह उपन्यास नहीं, विशुद्ध 'नाटक' लिखा जा रहा है। तुम एक काम करो, अच्छे लेखकों के कुछ उपन्यास पढ़ डालो, ताकि उपन्यास लेखन की शैली से परिचित होकर अपने लेखन को विकसित कर सको।' मैंने कहा, 'ठीक है, ऐसा ही करता हूँ।' इसके बाद कोरोनाकाल शुरू हो गया। इस दौरान कई बड़े साहित्यकारों के उपन्यास, कहानियों का मैंने दिन-रात छह माह तक अध्ययन किया और इसके बाद दोबारा लिखकर मैंने श्री आशीषजी को भेजा तो उन्होंने कहा, 'यह बहुत ही अच्छी शुरुआत है, शैली भी सरल है, इसे अब पूरा कर लीजिए।'

अब बारी थी श्री उमाकांत मिश्रजी को भेजने की। जैसे ही उन्हें पहला भाग भेजा तो उनका फोन आया, 'हाँ, अगला भाग भेजो।' यह प्रतिदिन का क्रम ही बन गया। मैं समझ गया, मामला जम रहा है।

किसी भी विषय पर लिखने के दौरान परिस्थितियाँ अनुकूल होना बहुत आवश्यक है। मेरे लिए परिस्थितियों को अनुकूल बनाया मेरे हृदय प्रिय छोटे भाई डॉ. प्रिंस पांडेय, मेरी माँ श्रीमती सरस्वती देवी, बहू मनीषा, बेटी मिशीता, छोटी बहन श्रीमती नीतू तिवारी व बहनोई श्री प्रदीप तिवारी के अलावा हमेशा मुझे प्रेरणा देनेवाली मेरी बेटी सुरम्या पांडेय ने, जिसकी वजह से मैं लिख पाया और वह अब आपके सामने है।

हृदय से आभार व्यक्त करना चाहता हूँ आदरणीय डॉ. श्री सुरेश आचार्यजी का, जिन्होंने आँखों की पीड़ा होने के बावजूद मार्गदर्शन दिया; श्री उमाकांत मिश्रजी; डॉ. सुश्री शरद सिंहजी का, जिन्होंने मेरी कमियों को ऐसे दूर करने का प्रयास किया; हृदय से आभार आप सभी का, जो मेरी प्रतिकूल परिस्थितियों में सहायक रहे श्री नेवी जैनजी, श्री आशीष ज्योतिषीजी व मेरे प्रिय मित्र नीरज तिवारी, डॉ. आशीष चाचोंदियाजी, श्री हरीश दुबेजी, श्री आर.के. तिवारीजी। पुस्तक अब आपके हाथों में है। आपकी प्रतिक्रिया का इंतजार रहेगा।

—प्रदीप पांडेय

पांडेय क्लिनिक, पटेल मंदिर मार्ग,
राजीव नगर वार्ड, सागर, म.प्र.-470002
मो. : 9993883378
इ-मेल : pradeep.tithi@gmail.com

भाग-1

रात के साढ़े ग्यारह बजे थे। विक्रम अँधेरी सूनी खड़खड़ाती सड़क पर तेज रफ्तार से पैडल मारते हुए साइकिल चला रहा था। कुत्ते तेज चलती साइकिल की आवाज सुनकर भौंकने के साथ उसे काटने के लिए लपक रहे थे। साहब का फोन आया था कि साढ़े ग्यारह-बारह के बीच घर आ ही जाना। इसी धुन में कि कहीं लेट न हो जाऊँ, सो साइकिल की रफ्तार में रॉकेट जैसी तेजी थी। विक्रम तेज और सनकी स्वभाव का पंक्चुअल और स्वाभिमानी युवक था। उसका मानना था कि सरकारी सिस्टम में बैठे अधिकारी जनता के लिए होते हैं, क्योंकि सरकार इनके रहन-सहन और कार्य करने की व्यवस्था हेतु जनता से पाई-पाई टैक्स वसूलती है। थोड़ी ही देर में साहब का बँगला आ गया। साइकिल को स्टैंड पर लगाकर गेट पर लगी डोरबेल को उसने जैसे ही दबाया कि अंदर से आवाज आई, "कौन है?"

"भाई, मैं विक्रम हूँ।"

गेट खोलते हुए चौकीदार ने पूछा, "क्या काम है?"

विक्रम ने कहा, "मुझे साहब ने बुलाया है।"

"अच्छा रुको, मैं अभी पूछकर आता हूँ," कहकर चौकीदार अंदर चला गया।

वापस आकर विक्रम से कहा, "जी ठीक है, चलिए, आपको साहब अंदर बुला रहे हैं।"

चौकीदार के पीछे-पीछे चलते हुए विक्रम ने अपनी कमर के पीछे उँगली से माइक्रो टेप रिकॉर्डर का बटन दबाया, जिसकी हलकी सी लाल लाइट ने

मानो जुगनू की तरह कुछ सेकंड का उजाला कर दिया हो। साहब के कमरे का दरवाजा खटखटाते हुए सोफे पर बैठे स्थूलकाय व्यक्ति से विक्रम ने कहा, "नमस्कार सर!"

"ओहो!" विस्मित-से होकर साहब बोले, "विक्रम! आओ बैठो, क्या लोगे? ठंडा या गरम?"

"ठंडा चल जाएगा, साहब!"

चौकीदार को आवाज दी, "चौकीदार!"

"जी साहब।"

"जाओ, एक गिलास ठंडा लाओ।"

"जी साहब!"

"आजकल तो डिपार्टमेंट में आप ही के चर्चे हैं! ऐसा क्या जादू कर दिया है आपने सब पर? यादव, दीक्षित, कालू बाबू सभी आपकी चर्चा करते रहते हैं।" साहब ने कहा।

"आपको तो सब पता है, साहब!" मुसकराते हुए बड़े ही दीन स्वर में विक्रम बोला।

"अरे भाई! इन सभी को इतना करने की क्या जरूरत थी? सीधे हमारे पास आ जाते!"

"अरे साहब! सीधे आपके पास आया तो था। बात बनती ही नजर नहीं आ रही थी।"

इसी बीच चौकीदार ठंडा टेबल पर रखते हुए, "साहब! और कुछ लाना है, साहब?"

"नहीं। अभी जाओ।"

"चलो, जो हुआ, सो ठीक हुआ। इस बहाने किसी अच्छे लड़के को जानने का मौका तो मिला। फिर क्या प्लान है आपका?" बातों का क्रम जारी रखते हुए उन्होंने पूछा।

"प्लान क्या साहब! लाइसेंस बनवाना है।"

"ठीक है। बन जाएगा।"

"मुझे क्या सेवा करनी होगी साहब, यह भी बता दीजिए?"

"ऐसा करो, तुम डेढ़ लाख रुपए कर दो।"

"सर, ज्यादा हो रहा है, कुछ कम कर लीजिए।"

"कितना कम करूँ भाई! आपको देखकर कम ही तो कहा है। दो-दो लाख रुपए रख जाते हैं लोग। लेकिन मैंने सोचा, चलो, मुझे भले ही कम मिलें, तुमसे ज्यादा नहीं लेना चाहिए और फिर मुझे भी तो ऊपर खिलाना पड़ता है। यदि कम करूँगा तो मुझे माँगे का मठा मोल पड़ जाएगा। भाई! लाइसेंस बनना है तो बताओ? इससे कम तो नहीं लगेगा।"

"ठीक है साहब! व्यवस्था करता हूँ। मुझे पंद्रह दिन का समय दीजिए।"

"एक काम करो। आधा अभी दो दिन में कर दो, ताकि मैं तुम्हारा काम आगे बढ़ा सकूँ। तुम्हारे डॉक्यूमेंट्स तो कंप्लीट हैं ही। प्रक्रिया शुरू हो जाएगी।"

"जी साहब! आधा मतलब पचहत्तर हजार परसों कर दूँगा।"

"तो फिर तुम परसों सुबह दस बजे घर पर ही आ जाना और मेरे साथ ही ऑफिस चलना। एक सिग्नेचर बाकी है, वह करके वहाँ से निकल जाना। ध्यान रहे, यह बात किसी और को पता न चले, वरना लोग चढ़ बैठेंगे, इनका इतने कम में कैसे किया?"

"जी साहब! मैं परसों सुबह घर ही आ जाऊँगा। आप निश्चिंत रहें, किसी को कुछ पता नहीं चलेगा। अब आपसे इजाजत चाहूँगा।"

"बिल्कुल, परसों सुबह मिलते हैं।"

घर लौटते समय मन-ही-मन विक्रम सोच रहा था कि कितना भ्रष्ट अधिकारी है। कमाल यह है कि भ्रष्ट अफसरों की चेन भी है। देश में दीमक की तरह लगे हैं। सरकार के साथ जनता को भी चाट रहे हैं।

□

भाग-2

दूसरे दिन सुबह उठकर चाय-नाश्ता लेकर विक्रम ने माँ से कहा, "मम्मी, हम कटिंग करवाबे सैलून जा रये हैं। दुफेर तक आहें।"

"हओ, जल्दी आ जैयो। आज तुमाओ मनपसंद खाना बना रये हैं।"

दूसरे कमरे से पिताजी की आवाज आती है, "हाँ। खूब खुआओ हरामखोर खों। खा-खाके, साँड बनो जा रओ है। कोई काम को तो है नैंया। पढ़ा-लिखाके बड़ो करो के कौनों आसरो मिलहे। मनों कोई काम को नईं निकरो। दिन भर आवारा ढोरों जैसों घूमत रेत है। 'पाल-पाल मोरे जी को काल'।"

"तुमें और कोई काम तो है नैंया। जब देखो तब ओखो गरियात रेत हो।" पिताजी की फटकार सुनकर माँ ने मेरी तरफदारी की।

"मम्मी, हम जा रये," बोलकर विक्रम झटपट भागा और सीधे चौराहे पर लगे एस.टी.डी. पी.सी.ओ. के केबिन में जाकर एक नंबर डायल किया।

दूसरी तरफ से आवाज आई, "हाँ जी, कौन?"

"मैं विक्रम बोल रहा हूँ, एस.पी. साहब से बात करना चाहता हूँ।"

"जी, देखता हूँ।"

"सर, कोई विक्रम लाइन पर है। क्या कह दूँ?"

"हाँ। बात करवाओ।"

"लीजिए, आपसे एस.पी. साहब बात करेंगे।"

"हैलो विक्रम! कैसे हो?"

"मैं ठीक हूँ सर, आप कैसे हैं?"

"हम भी दुरुस्त हैं। कहो, कैसे याद किया?"

"सर, मेरे पास आपके लिए एक केस था, आप कहें तो दे दूँ।"

"अरे वाह! कौन है?"

"सर! फोन पर नहीं बता सकता।"

"तो तुम एक काम करो, अभी बँगले पर आ जाओ।"

"सर! कैसे आऊँ, मेरे पास कोई साधन नहीं है? आप किसी को भेज दीजिए, जो मुझे ले जाए और यहीं छोड़ भी दे।"

"ठीक है। कहाँ हो अभी?"

"सर, मैं मोतीनगर चौराहे पर हूँ, गोपाल सैलून पर बालों की कटिंग करवा रहा हूँ।"

"अच्छा रुको वहीं। मैं किसी को भेजता हूँ।"

"ठीक है, सर!"

"ऑपरेटर, मोतीनगर टी.आई. से बात करवाओ।"

"जी, सर!"

मोतीनगर पुलिस चौकी को फोन मिलाते हुए, "हैलो मुंशीजी! टी.आई. साहब से बात करवाओ।"

"साहब बात करेंगे।"

मुंशी—साहब तो फील्ड पर हैं, लेकिन सब-इंस्पेक्टर चौबे साहब हैं।

ऑपरेटर ने मुंशी से—अभी रुको।

"सर, टी.आई. साहब नहीं, चौबेजी हैं।"

"हाँ। बात करवाओ।"

"मुंशीजी, चौबेजी से ही बात करा दो।"

"जी सर!"

"चौबेजी, एस.पी. साहब लाइन पर हैं।"

चौबे जी, "हैलो, जी सर,"

"हाँ चौबे। वहाँ चौराहे पर गोपाल सैलून है?"

"जी सर, है।"

"वहाँ विक्रम बैठा है। उसे जल्दी लेकर आओ।"

"जी सर!"

विक्रम सैलून पर पहुँचकर—

"गोपाल, आज, बिल्कुल छोटे-छोटे बाल काटो हमाये।"

"हओ गुरु। चिंता नें करो। आज ऐसी कटिंग करहें के मोड़ियाँ (लड़कियाँ) देखइकें गिर परहें।"

"अरे गिरो नै चइये कोऊखों। सिर्फ देखई लेबें बोई भोत है।"

"गुरु, मशीन फेर दयें का? दो-तीन महीनों को टनटोई खतम। 'जुआँ फरे न लीख, सबसे मुंडा ठीक'। वैसें गुरु, आज तक जोन-जोन की कटिंग हमाये हाँथ से भई है, ओको कल्याणई हो गओ। आपखों तो पतई है गुरु! शहर के पूरे वजनदार अपने इते ऐईसें आतहें के गोपाल जैसी कटिंग कोई नैं करत। इतईं सामने लेलो। पूरी पुलिस, चौकी अपन खों पूरी सेवाएँ देत है। डेली चाय-नाश्ता के लानें पुलिस के सेवक लगे हें। अपने लानें सब आत हें, चाय-नाश्ता करवावे।"

इसी बीच अचानक दनदनाते हुए चौकी के सब-इंस्पेक्टर ने सैलून में पहुँचकर गोपाल का कॉलर पकड़कर एक झन्नाटेदार थप्पड़ लगाते हुए कहा, "साले, चोर-लुटेरों का अड्डा बना रखा है यहाँ! विक्रम कहाँ है?"

गोपाल भयभीत होकर बोला, "अरे साहब! हमनें का करो? हमें काये मार रये? जे हे विक्रम।"

सब-इंस्पेक्टर विक्रम से, "ऐ, चलो उठो। आज एस.पी. साहब करवा रये तुमाई हजामत।"

विक्रम कुरसी से उतरकर नेम प्लेट पढ़ते हुए, "चौबे", गुस्से भरी तेज आवाज में, "आपको तमीज और तहजीब नहीं है, किसी से बात करने की! किसी का भी कॉलर पकड़कर बिना कुछ जाने ही हाथ उठा दिया? जाओ, पहले अपने साहब से पूछकर आओ। सम्मान से लाना है या अपमानित करते हुए? वरना बीड़ी के एक कश की तरह ऐसा सुट्टा मारूँगा कि धुएँ में निकलते हुए छल्लों की तरह गोल-गोल करके गोल हो जाओगे।"

चौबेजी तत्काल अपने स्वरों में नरमी लाते हुए, "माफी चाहता हूँ, भाईसाहब! मुझे पता नहीं था। एस.पी. साहब ने लाने को कहा तो मैं चला आया।"

विक्रम ने शांत होकर कहा, "आप बैठिए। चाय मँगवा लीजिए अपने आप को और हमें भी। तब तक हम कटिंग करवा लेते हैं, फिर चलते हैं।"

"गोपाल भाई, जल्दी कटिंग करो।"

"हओ गुरु।" कैंची चलाना बंद करते हुए, "देख लो गुरु! जबरदस्त कटिंग कर दई।"

"बढ़िया है।"

"चलिए, चौबेजी!"

"जी भाईसाहब!"

गाड़ी में बैठकर चलना शुरू कर देते हैं। सिर्फ गाड़ी की खड़खड़ करती आवाज।

चारों तरफ सुबह के बाजार का शोर। गाड़ी में चुपचाप बैठे विक्रम के दिलो- दिमाग के बीच ढेरों सवालों और जवाबों की उधेड़बुन लगी थी।

सवाल किसी चलचित्र की तरह आँखों के सामने चल रहे थे। अपने आप से दिल और दिमाग सवाल-जवाब करने लगा था, 'कहीं मैं गलत तो नहीं कर रहा हूँ? मैं क्या गलत कर रहा हूँ? अपमानित किया था मुझे उसने, जब उसके पास गया था। तब ऋतु का भाई अमित मेरे साथ ही था। रिश्वत ही चाहिए थी तो अपमानित क्यों किया था? सबके सामने फाइल फेंककर कह दिया था, चलो, जाओ यहाँ से! लाइसेंस को भटा-भाजी समझ रखा है क्या? मुँह उठाया और चल दिए—लाइसेंस दे दो। यादव, दोबारा इस तरह के लोगों को बाहर से ही भगा दिया करो।'

'जी साहब।'

'चलो, निकलो! अब क्या कर रहे हो यहाँ?'

अपना-सा मुँह लेकर वापस आना पड़ा था। खैर, मैं तो छोड़ भी देता इसे, लेकिन ऋतु और उसके भाई को कभी मुँह न दिखा पाऊँगा। उस दिन से आज तक ठीक से सो नहीं पाया हूँ। जैसे ही वह मंजर सामने आता है, सीने में आग लग जाती है। ये बड़ी-बड़ी कुरसियों पर बैठे लोग, इनसानियत को व्यापार समझते हैं। इन्हें किसी आम आदमी से कोई लेना-देना नहीं है। इन्हें छोड़ना, यानी अपने आप के साथ, समाज और देश के साथ, घात करने जैसा होगा।

इसी बीच चौबे बोल पड़ता है, "भाईसाहब, आप रुकिए। मैं साहब को बताकर आता हूँ कि विक्रमजी को ले आए।"

"हाँ ठीक है, मैं बाहर ही खड़ा हूँ।"

कुछ ही मिनटों में—

"चलिए भाईसाहब! साहबजी आपको अंदर बुला रहे हैं।"

दोनों एस.पी. के बँगले में बने ऑफिस में जाते हैं। चौबे दरवाजा खोलते हुए, "सर!"

"हाँ! उन्हें अंदर भेज दीजिए और आप बाहर बैठें।"

"जी सर!"

"भाईसाहब, आप अंदर चले जाइए।"

"मे आई कम इन, सर!"

"अरे हाँ-हाँ! आइए विक्रमजी।"

दरअसल विक्रम ने दो पत्रिकाएँ प्रकाशित करवाई थीं, जिनकी वजह से पूरे जिले के अधिकांश अधिकारियों, नेताओं, उद्योगपतियों से उसके अच्छे संबंध बन गए थे। ये लोकायुक्त पुलिस अधीक्षक कई दफा कह चुके थे कि कोई केस दिलवाओ।

एस.पी., "बैठिए। बताइए कौन है वो?"

विक्रम ने कहा, "सर, पहले यह जानना चाहता हूँ कि सिक्योरिटी तो रहेगी?"

"हाँ-हाँ! बिल्कुल, पूरी तरह से और फिर आपके लिए मैं तो बैठा हूँ यहाँ।"

"ठीक है, सर! आप पर हमें पूरा भरोसा है। मैंने आपका आधा काम कर दिया है। ये है टेप रिकॉर्डर, जिसमें मैंने, मेरी और ड्रग इंस्पेक्टर की बातें रिकॉर्ड कर ली हैं।"

"ओह! देट्स ग्रेट। यू हैव डन द फैंटास्टिक जॉब! यह छोटी-मोटी मछली नहीं है, मगरमच्छ है साला। जब से यहाँ आया हूँ, इसकी लगातार शिकायतें मिल रही हैं। शायद आपको पता नहीं, पूरे जिले के मेडिकल्स, फार्मा कंपनीज, छोटे-बड़े प्राइवेट हॉस्पिटल्स से इसके पास मासिक, त्रैमासिक, सालाना रिश्वत जाती है।"

फोन हाथ में लेकर ऑफिस का नंबर डायल करते हुए, "यदि यह पकड़ा गया तो मजा आएगा।" फोन पर—"हाँ महेंद्र, जीवन साहब और डी.एस.पी. राजेंद्र साहब से कहें कि जल्दी ऑफिस पहुँचें।" फोन रखते हुए—"चलो विक्रम, ऑफिस चलें।" ऑफिस पहुँचकर—

"जीवनजी, विक्रम के साथ जाइए, रिपोर्ट तैयार करके लाइए।"

"जी सर! सर, एफ.आई.आर. का क्या करना है?"

"बैक डेट की फाइल तैयार कर लो। बाकी मैं देख लूँगा।"

"चलिए विक्रमजी!"

दो घंटे बाद—

जीवन ने एस.पी. साहब के पास पहुँचकर कहा, "सर, यह पूरी रिपोर्ट बन गई है।"

"वैरी गुड। कितने की बातचीत तय है?"

"सर, दो किश्तों में है। कल पहली किश्त पचहत्तर हजार की और दूसरी पंद्रह दिन बाद फिर पचहत्तर हजार।"

"विक्रमजी, आप पचहत्तर हजार ले आइए, उनमें फिनाफथिलीन पाउडर लगवाकर तैयार करना है।"

"सर, मेरे पास इतने रुपए नहीं हैं।"

"अरे! फिर कितने कर लोगे अभी?"

"पच्चीस हजार मेरे पास रखे हैं। वैसे भी सर, लायजिनिंग में साठ हजार खर्च कर चुका हूँ।"

"कोई बात नहीं। पचास हजार हम कर देंगे। आप पच्चीस लेकर आ जाओ।" एस.पी. बोले।

विक्रम बोला, "ठीक है सर! आप मुझे घर छुड़वा दीजिए और इस बात का ध्यान रहे कि न तो यह बात मेरे घरवालों को पता चले और न ही उन्हें कोई दिक्कत हो।"

"आप चिंता न करें, कोई दिक्कत नहीं होगी।"

"जीवन, विक्रमजी को घर छोड़ आइए।"

"जी सर!"

"विक्रम, पाँच बजे सीधे मेरे घर आ जाना। सबकुछ वहीं से करेंगे," एस.पी. साहब ने कहा।

"जी सर!"

"चलें जीवनजी?"

"हाँ जी, चलिए।"

"किस तरफ चलना है, सर।"

"आप हमें बड़ा बाजार छोड़ दीजिए।"

बड़ा बाजार पहुँचकर—

"आप हमें यहीं छोड़ दीजिए, अब हम पैदल जाएँगे।"

"जी सर!"

□

भाग-3

रास्ते में चलते हुए घर के पास ही विक्रम को उसका छोटा भाई मिल गया।

छोटू—"काय घरे जा रये का?"

"हाँ। काय?"

"कछु नईं, तुमाई पूजा की तैयारी हो रई है। बा देखो, पापाजी तलवार में धार लगवा रये।" इतना कहकर छोटू चला जाता है।

तभी एक राहगीर ने पिता से प्रश्न किया, "काय गुरु, आज तो तलवार में जोर से धार लग रई है।"

"हाँ, आज हमें बड़े मोड़ा की मूड़ काटनें है। हरामखोर, शठ, दुष्ट, षठ, पामर, खल सबेरे सें गोल है। दो बजवे वारे भये, कोई अता-पता¨ नइयाँ। आन दो सारे खों, ओ की मूड़ काटकें कुत्तों खों अपने सामने खुआहें।"

दरअसल विक्रम और उसके पिताजी का छत्तीस का आँकड़ा था। विक्रम की नजर में दुनिया का सबसे बड़ा विलेन यदि कोई है तो वह कोई और नहीं, उसके पिताजी हैं। वह अपने पिता की परछाईं से भी बहुत डरता था, क्योंकि वे सिवाय गालियों के साथ, जली-कटी सुनाने से कभी नहीं चूकते और यह उनका हर रोज का काम था। विक्रम दूर से घर का माहौल भाँप रहा है।

विक्रम और छोटू मध्यमवर्गीय परिवार के दो भाई थे। छोटू एक मेडिकल स्टोर पर कार्यरत था। पिता समाजसेवी होने के साथ कर्मकांड के प्रकांड विद्वान् हैं। एक छोटी बहन है मधु, जो परिवार की लाड़ली है और माँ गृहिणी है। विक्रम को दो शौक हैं—पढ़ना और पहलवानी करना। वह नौकरी अपने जेबखर्च और

पढ़ाई पूरी करने के लिए करता है। जब भी पिताजी घर पर होते, तब घर के पिछले दरवाजे से उसका आना-जाना होता है।

जीवन का प्रत्येक पल-छिन परिस्थितियों का पुलिंदा होता है। दरअसल इस पुलिंदे की शुरुआत छोटू यानी विक्रम के छोटे भाई से होती है। वह बहुत ही होशियार एवं सीधा-सादा लड़का है। विक्रम अपने भाई को बहुत चाहता है एवं उसकी हर एक बात मानता है।

एक दिन छोटू का सेठ कहता है, "छोटू, तुम्हारे भाई से मुझे जरूरी काम है।"

"भाईसाहब, वे अपनी मर्जी के मालिक हैं। उन्हें जो पसंद होता है, वही करते हैं।"

"अरे यार, हमें अपने काम के लिए एक सीधे-सादे आदमी की जरूरत है। हमें लगता है कि तुम्हारा भाई बहुत सीधा लड़का है। मेरे काम को वह अच्छे से कर सकता है।"

"भाईसाहब, यह आपने गलतफहमी पाल ली है। वे सीधे नहीं हैं। मैं जानता हूँ, वे बहुत सनकी हैं। पहलवानी करते-करते वे मट्ठर हो गए हैं। अगर सनक गए तो लेने के देने पड़ जाएँगे।"

"तुम मिलवाओ तो सही। आज शाम मैं तुम्हारे घर आऊँगा।"

"भाईसाहब! घर तो आप कभी भी आइए। लेकिन गंभीरता से सोच लीजिएगा, वे मेरे भाई हैं, मुझसे बेहतर उन्हें कौन जान सकता है?"

"हमें उनसे बात तो करने दो।"

"ठीक है, भाईसाहब! फिर आप शाम को नहीं, कल सुबह दस बजे आइएगा। तब तक उनके सामने आपकी फिल्म जमाता हूँ।"

"ठीक है।"

छोटू घर पहुँचकर दरवाजा खटखटाता है। अंदर से आवाज आती है—कौन है? (गुस्से में) "कौन है का, हम आएँ, दरवाजा खोलो।"

"तुम आओ सो हम का करें!" छोटू की बहन मधु ने कहा, "नईं खोल रये।"

"मम्मी, दरवाजा खोलो।"

माँ ने चिल्लाकर कहा, "दरवाजा खोल नहीं पा रई, मोड़ा बाहर खड़ो है।"

मधु दरवाजा खोलती है।

"कौनों दिना, हम तुमाओ मों टोर के रख दें तो।"

"और हम सोई तुमाए दोई हाँथ टोर दें तो!" मधु ने तमककर कहा।

छोटू गुस्से से, "मम्मी, एखों समझा दो। नईं तो एक तड़ाका में बिलट जेहे जा।"

मधु भी कहाँ माननेवाली थी। मम्मी, "इनखों भी समझा लो, नईं तो इतनी लबुदियाँ मार हें के पूरी दादागिरी निकल जेहे और कौनों दिना पापा से बोलकें, इनके ग्रह दशा शांत करवा दें। आजकल भौतई आय उड़ रए हें जे।"

"मम्मी, बड्डे आ गए?"

"हाँ। अपने कमरे में हैं।"

बुंदेली में बड़े भाई को 'बड्डे' भी कहा जाता है। संयुक्त परिवार का अपना ही मजा होता है, जहाँ सम्मान, संस्कृति, अपनापन, एक-दूसरे के प्रति अगाध प्रेम-श्रद्धा बराबर बनी रहती है। एक घर में, एक-दूसरे के कमरे, एक-दूसरे से सटे रहते हैं। एक आवाज में दूसरे का दरवाजा भी खुल जाता है, लेकिन छोटू जानता था कि यदि उसने आवाज लगाई, तो बाहर हॉल में टीवी देख रहे पिताजी की गालियाँ शुरू हो जाएँगी और विक्रम से बात नहीं हो पाएगी, इसलिए दबे पाँव धीरे से दरवाजा खुलवाने चल दिया।

विक्रम ने दरवाजा खोलते हुए कहा, "हाँ, अंदर आ जा। क्या हुआ?"

"यार, वो हमाये सेठजी खों तुमसें मिलने है।"

"काय? का हो गओ?"

"पता नईं! उनखों कोई काम है तुमसें।"

"का काम है?"

"हमें नईं बताई उननें। तुमई सें बात करके बताहें। का बात है?"

"देखो हमनें तो उनसें ओई समय मना कर दई हती। मनों वे नईं मान रये ते, सो सबेरें दस बजे आबे की के दई। देखो, वे कछू भी काम की कएँ, मना कर दियो। भोतई चालाक और बदमाश आदमी हैं। उनके कौनों चक्कर में ने पड़ियो। जा खयाल रखियो।"

"ठीक है। तो वे जब सबेरे आएँ, सो मना कर दियो कि हम नैयाँ।"

"अरे, मिल तो लोई। मिलबे में का जा रओ? बस कौनों काम की हाँ भर नें करियो।"

"अच्छा तो फिर ठीक है। चलो अब जाओ, सबेरे मिलहें। गुड नाइट।"

दूसरे दिन सुबह वर्जिश करके लौटे विक्रम ने छोटू से कहा, "मैं कमरे में हूँ, जब तुम्हारा सेठ आए तो बुला लेना।"

"हाँ, बुला लूँगा।"

सवेरे दस बजे से पहले ही सेठ घर आ गया और छोटू से कहा, "भाई, अब बात करा दो भैया से।"

"जी अभी बुलाता हूँ।"

दरवाजे के पास आकर छोटू ने मधु से कहा, "विक्रम भैया को आवाज दे दो कि बाहर सेठजी आ गए हैं।"

विक्रम बाहर की कनफुसियाई सुनकर खुद ही बाहर आ गया।

"लो भाईसाहब, बड्डे आ गए हैं। अब आप लोग बात कर लें। मैं जा रहा हूँ, मेडिकल खोलना है।"

"हाँ, ठीक है। तुम पहुँचो। हम बात करके आ रहे हैं।" सेठ ने कहा।

"विक्रम भाई, मैं सोच रहा था कि आपके छोटे भाई को मेडिकल का लाइसेंस बनवा दें।"

"भाईसाहब, सुनकर अच्छा लगा कि आपको उसकी फिक्र है, लेकिन अभी वह पढ़ रहा है और फिर आपकी खुद की मेडिकल दुकान होते हुए भी उसे लाइसेंस बनवाने की बात कुछ समझ में नहीं आ रही!"

"अरे नहीं! आप तो जानते हैं कि हम लोगों के कितने अच्छे संबंध हैं। इस बाबत, अच्छा सोचना और अच्छा करना बुरा तो नहीं हो सकता।"

"यह भी ठीक है, किंतु हमें थोड़ा सोचने का अवसर दीजिए, फिर बताते हैं।" विक्रम ने कहा।

"जी, जैसा आप उचित समझें, मैंने आपके कान में बात डाल दी है। जब भी कोई विचार बने तो बताइएगा।"

"धन्यवाद भाईसाहब! जरूर बताऊँगा।"

"आपका दिन भर का शेड्यूल तो टाइट रहता होगा ?"

"हाँ जी। अभी खाना खाकर यूनिवर्सिटी जाऊँगा।"

"अच्छा तो फिर आप खाना खाइए और मेरी बात पर गौर जरूर कीजिएगा।"

"जी बिल्कुल।"

तभी दरवाजे से आवाज आती है—"विक्रम!"

"अरे जितेंद्र! आ जाओ, अंदर आओ।"

"विक्रमजी, हम चलते हैं, आपके मित्र आए हैं, आप उनसे मिल लीजिए।"

"जी भाईसाहब। अच्छा लगा आपसे मिलकर।"

"बैठो जितेंद्र, खाना हो गया तुम्हारा ?"

"हम तो तैयार होकर ही आए हैं।"

"थोड़ा सा और खा लो।"

"अरे नहीं गुरु। अपना तो टैंक फुल है।"

"तो तुम बैठकर टीवी देखो, मैं अंदर से दो रोटी खाकर आया।"

"माँ, मेरी थाली।"

"हाँ, यह लो। खाना अच्छा बना है। अच्छे से खा लो।" माँ बोली।

"बस माँ, भरपेट खा लिया। अब मैं फ्री हो गया। अब हम कॉलेज जा रहे हैं।"

"गुरु, जल्दी खाना खाकर फ्री हो गए ?"

"हाँ यार, मैं आदमियों की तरह खाता हूँ।"

"तो बाकी लोग ?"

"बाकी अपनी जानें।"

"चलो।" रास्ते में चलते हुए—

"विक्रम यार! मुझे बहुत ज्यादावाला प्यार हो गया है।" (जितेंद्र मोपेड चलाते हुए)

"यह तो अच्छी बात है।"

"पूछोगे नहीं किससे ?"

"मेरे पूछने से क्या होगा ?"

"अबे, तुझे जानकारी मिल जाएगी, वह कौन है ?"

"चल उगल दे, अपना पूरा जहर मुझ पर।"

"संगीता से। लेकिन तू उसकी तरफ देखना भी नहीं, वह तेरी भाभी है।"

"साले तूने, शादी कब कर ली?"

"यह देख शादी का कार्ड। इसमें हम दोनों के नाम, मेरे भाई-बहन, रिश्तेदारों का नाम-पता सब लिखा है।"

"अबे, इसमें तो सिर्फ तेरी साइडवालों और संगीता के पिता का नाम भर है। इसके बाप का नाम कैसे पता चला?"

"अरे, साल भर से पीछे-पीछे जाकर उसके घर के चक्कर ऐसे ही नहीं लगाए! एक दिन उसके घर के बाजूवाली दुकान से उस जगह का पूरा पता और उसके पिता का नाम बातों-बातों में पूछ लिया। आज उससे बात करूँगा। यदि उसने हाँ बोला तो यही कार्ड कल छपने दे दूँगा।"

"तूने अपने मम्मी-पापा को बता दिया?"

"नहीं, अभी नहीं बताया।"

"बहुत खूब। बताना भी मत। मुझे याद है, जब तू गुल्ली मारकर फिल्म देखने गया था। तेरे पापा को जब संजू ने बताया था कि आपका झंडू गुल्ली मारकर फिल्म देखने गया है और फिर तेरे पापा ने तेरे दोनों हाथ-पैर बाँधकर, मियारी से लटकाकर, लगभग सौ जूते तो मारे होंगे। सोच रहा हूँ, यह सब पता चलेगा तो फिर तेरा क्या होगा, कालिया?"

"अरे यार, कुछ होने तो दो पहले। तुम अभी से डराने लगे। यह भी लड़की पटाने का अपना तरीका है।" जितेंद्र बोला।

"अच्छा, संगीता तो वही है न, जिसे तू कल घूर रहा था?"

"हाँ, जिसे देखकर तेरी हालत ऐसे हो गई थी, जैसे किसी ने मरे हुए साँप पर पेट्रोल छिड़क दिया हो और उसमें से मेहर फूटने लगी हो?"

"तेरी बातों में पता ही नहीं चला और लाइब्रेरी भी आ गए, मुझे यहीं छोड़ दे। दो घंटे लाइब्रेरी में ही रहूँगा। तुम कहाँ जाओगे?"

"अरे वाह! बेटा, वह रही संगीता, तुम दो मिनट यहीं रुको, फिर सोचते हैं कि आगे क्या करना है?"

"मैं फर्स्ट फ्लोर पर हूँ, तुम वहीं आ जाना।"

"यार, दो मिनट यहीं नहीं रुक पा रहे क्या?"

"तुझे समय लगेगा। यदि उसने शादी के लिए हाँ कहा तो तू वहीं-के-वहीं कैंटीन निकल जाएगा, मुझे बताने थोड़ी आएगा।"

"हाँ, ठीक है। हम आते हैं, उससे मिलकर।"

तभी पीछे से आँखों पर हथेली जमाते हुए आवाज आई, "पहचानों को आयें?"

"अरे यार, नौटंकी बिल्कुल नें। हम नहीं पहचान पा रहे?"

"तुमई बताओ?"

"अरे! डीके!"

"तुम लोग बातचीत करो, मैं चलता हूँ, वरना मेरी बातचीत निकल जाएगी। और हाँ, ज्यादा बुंदेली ने झाड़ो, नईं तो सब पुर्रा समझ हैं।" जितेंद्र बोला।

इस पर विक्रम ने कहा, "मेरी और तुम्हारी माँ की बोली यही है, अब तुम जल्दी निकरो।"

डीके ने कहा, "काय यार! तुमोरें हमें छोड़ कें निकर आए।"

"हाँ यार, हमोरों ने सोची, खाजों खों, कहाँ तक लादें फिरे है।"

"दिखान लगे तुमोरें अपनों कमीनापन?"

"हाँ। तुमाई शराफत के तो नगाड़े बजत हें काय। चलो, कछु पढ़ लयें?"

"वह देखो, तुमाई दोस्त भी आ गई।"

"अरे वाह! काजल, शीला, शबाना, संध्या, नीता! ये डकैतों की गैंग और लाइब्रेरी में?" उन सबको एक साथ देखकर विक्रम ने कहा।

"डकैत से मतलब?" काजल चहकी।

"मेरा मतलब, ऐसे खूबसूरत-खूबसूरत चेहरे देखकर लोगों के दिलों पर अपने आप ही डाके पड़ जाते हैं। तुम लोगों को क्या खबर? तुम्हें देखकर कितने बेहोश हो गए होंगे, कितने दम तोड़नेवाले होंगे।"

संध्या बीच में टोकते हुए, "बस-बस, ज्यादा हो गया। सब सलामत हैं, न कोई घायल हुआ है और न ही कोई दम तोड़नेवाला है। आज की पार्टी आपकी तरफ से है।"

विक्रम—"हाँ-हाँ, क्यों नहीं! समोसे ही खाओगे, खा लेना?"

"रहने दो, आज सिर्फ डोसा, और कुछ नहीं।"

"ओके। पहले ऊपर चलकर कुछ अखबार, मैगजीन, पुस्तकें भी तो देख लो। कब से तुम लोगों को चिल्लाकर-चिल्लाकर बुला रही हैं, जैसे कह रही हों, आओ, मुझे भी पढ़ो।"

"अपना शायराना अंदाज अपने पास रखो। भूख अभी लगी है।"

डीके—"चलो यार! भूखों-प्यासों की भी तनक चिंता करो।"

"ए डंकी मतलब डीके, तुम तो रहने ही दो।" शबाना ने कहा।

"यह लो, एक तो आप लोगों की तरफदारी करो, ऊपर से बातें भी सुनो।"

"अच्छा चलो। अरे यार, मगर जितेंद्र मेरे साथ आया है। उससे फर्स्ट फ्लोर पर आने को बोल दिया है, वह ढूँढ़ता फिरेगा। खैर चलो। वह तो ढूँढ़ता हुआ खुद ही कैंटीन आ जाएगा। काजल, एक मिनट तुमसे बात करनी है। तुम लोग रुको, एक मिनट काजल से बात कर लूँ।"

"हाँ-हाँ। खूब करो पर्सनल बातें।" संध्या बोली।

"आओ काजल।"

"पैसे नहीं होंगे!" काजल ने पूछा।

"हाँ यार! एक तुम्हीं तो हो। तुम्हारी एक-एक पाई चुका दूँगा। वैसे भी तुम ठहरी डायरेक्टर की सिंगल लड़की। वह भी सरकारी और हम ठहरे गरीब, 'एक तू ही धनवान ओ गोरी, बाकी सब कंगाल'।"

"अरे रे रे, बस, बस, बताओ कितना दे दूँ?"

"अभी एक हजार दे दो। तुम्हारे टोटल बाईस हजार रुपए हो जाएँगे।"

"ठीक है, देती हूँ।"

शीला—"बातचीत हो गई हो तो चलो।"

"देखो भाई। पार्टी तो दे रहा हूँ, मुझे नोट्स दे देना। पंद्रह दिन क्लास में नहीं आया तो जो लिखाया है, वह मैं कॉपी कर लूँगा।"

"कुछ विशेष नहीं लिखाया, सब ऐसे ही चलता रहा।" काजल ने कहा।

संध्या—"हाँ यार, हम लोग पढ़ने का मूड बनाकर आते हैं और यहाँ एकाध पीरियड ही लगता है। उसमें भी आधा यहाँ-वहाँ की बातों में निकल जाता है।"

डीके—"भ्रष्टाचारी जोरों पर है।"

संध्या—"पूरे भारत का यही हाल है। तहसीली गई थी, वहाँ बैठे बाबू ने निवास प्रमाण-पत्र बनवाने के मुझसे सत्तर रुपए ले लिये थे। भ्रष्टाचार तो शिष्टाचार की सीमाएँ लाँघ चुका है।"

अपनी बात पर जोर देते हुए काजल, "सरकार भ्रष्टाचार वैध क्यों नहीं कर देती? एक विषय बना दे और उसकी भी प्रोफेशनल क्लासेस शुरू करवा दे? सरकार को यह विषय ही बना देना चाहिए। हाँ यार, करते सब हैं, दिखते सब हैं, समझ सबको आते हैं, जानते भी सभी हैं, फिर भी चोर नहीं, शरीफ हैं।"

विक्रम—"सच है, तुम लोग आजाद भारत का सिलेबस ही बदलवा दोगे। 'चोरी करना पाप है' की जगह 'चोरी करना परमो धर्मा:' लिखवाकर मानोगे। वैसे वर्तमान परिस्थितियाँ वाकई बहुत नाजुक हैं। बचपन से जो किताबों में पढ़ते आ रहे हैं, वह प्रैक्टिकली लाइफ में बिल्कुल उलटा है, 'झूठ बोलना पाप है' पढ़ा था, लेकिन आज के सामान्य जनजीवन में झूठ ही सच है। हम सभी ज्ञात को अज्ञात बनाकर जीते हैं।"

"देखो बातों-बातों में कैंटीन पहुँच गए।"

नीता—"पहले सूप बुलवा लो।"

"यह देखो, जितेंद्र भी आ गया। लेकिन यह क्या हाल बनाकर आ गया? क्या हुआ? शर्ट की जेब भी फट गई! तू खुद भी मैला-कुचैला लग रहा है।"

"अरे, गाड़ी स्लिप हो गई थी।"

सभी एक-दूसरे के चेहरों को देखते हुए हँसकर मजा लेते हुए।

शीला—"हाँ-हाँ। अभी कोई रास्ते में बता रहा था कि तेरी गाड़ी स्लिप हो गई है।"

"सालो। तुम लोगों को सब पता है। मैं पिटता रहा और तुम लोगों में से कोई बचाने भी नहीं आया!"

विक्रम—"अरे हम सभी आते, पर यह तो बता क्या हुआ था?"

"मैं संगीता के पास पहुँचा और उससे कहा, 'संगीता, मुझे तुमसे प्यार हो गया है'।

"उसने कहा, 'अच्छा! कब से?'

'तीन साल से तुम्हें देख रहा हूँ। आज 'कहने की' हिम्मत बाँधकर तुम्हारे पास आया हूँ। न मत करना। देखो, मैंने अपनी शादी के कार्ड का प्रारूप भी बनवा लिया है। तुम्हारे हाँ कहने की देरी है। फिर तुम्हारे सभी भाई, बहन, रिश्तेदारों के नाम लिखकर तारीख डलवा देंगे।'

'अरे वाह! आपको तो बड़ी जल्दी है शादी की। वैसे आपने क्या बताया! कितने साल से देख रहे हैं?'

'तीन साल।'

'अच्छा! लेकिन मैंने तो यहाँ छह माह पहले ही एडमीशन लिया है! इसके पहले तो मैं देहली में थी।'

'हाँ तो मैंने कब कहा आपको कि यहाँ देख रहा हूँ। सपनों में हर रोज तुम्हें ही देखता आ रहा हूँ। मुझे चारों तरफ तुम-ही-तुम दिखती हो।'

'शरद, शरद।'

'उसको क्यों बुला रही हो?'

'कुछ नहीं, उससे नोट्स लेने हैं।'

'तो फिर मैं चलूँ?'

'रुको, बात करते हैं।'

'हाँ संगीता, बोलो क्या हुआ?' शरद ने पूछा।

'शरद, यह मुझे तीन साल से छेड़ रहा है।'

'क्यों बे! (कॉलर पकड़ते हुए) लड़कियों को छेड़ता है। अमन, डोलू, जल्दी दौड़कर आओ। बहती गंगा में तुम लोग भी हाथ धो लो।'

"फिर क्या था! सालों ने खचोर-खचोरकर मारा है।"

विक्रम—"चल कोई बात नहीं, अभी डोसा खा, हम लोग भी कभी देख लेंगे।"

संध्या—"वाह भाई। पार्टी में तो मजा आ गया। अब अगला क्या प्लान है?"

काजल—"अब क्या? तीन यहीं बज गए, अपने-अपने घर निकलते हैं।"

डीके—"और क्या। हो गई क्लास।"

विक्रम डीके से, "हम और जितेंद्र दोनों निकल रहे हैं, तुम कैसे जाओगे?"

"मुझे लाइब्रेरी छोड़ दो, मेरी गाड़ी वहीं खड़ी है। ठीक है, मैं वहाँ से निकल जाऊँगा।"

"काजल, शीला, संध्या, नीता, शबाना, सभी को बाय-बाय।"

"ओके, बाय।" सभी एक साथ।

लाइब्रेरी स्टैंड पहुँचकर—

"डीके, हम लोग चलते हैं।"

डीके—"शाम को मिलोगे क्या ?"

तभी पीछे से—"हाय विक्रम।"

"हैलो नीलेश, कहो कैसे हो ?"

"मैं तो चकाचक हूँ, और तुम सुनाओ ?"

"मैं भी बढ़िया हूँ।"

"चाय-वाय हो जाए ?"

"बस, हम लोग पीकर ही आ रहे हैं। अब तुम और डीके एन्जॉय करो। हम लोग निकलते हैं।"

"ओके डियर। बाय।"

दोनों निकल जाते हैं।

डीके—"यार विक्रम का कोई लफड़ा चल रहा है।"

नीलेश—"किसके साथ ?"

"पता नहीं। साला बताता भी नहीं है।"

"दो साल से देख रहा हूँ। शाम पाँच से आठ घर से गोल रहता है।"

"फिर क्या प्लान है ?"

"पता लगाना पड़ेगा कि कहाँ गोल रहता है ?"

"जितेंद्र बता देगा। उसे पता होगा। उसी के साथ तो हमेशा कॉलेज आता है।"

"नहीं। उसे भी कोई जानकारी नहीं।"

विक्रम बीच रास्ते में ही कहते हुए, "जितेंद्र, मुझे यहीं मार्केट में छोड़ दो।"

"क्यों ? घर नहीं चलना है ?"

"छोटा सा काम है, मैं थोड़ी देर में निपटाकर आता हूँ।"

"अच्छा, ठीक है।"

□

भाग-4

विक्रम (मन-ही-मन में), 'हे भगवान्! आज ऋतु से मिलवा दे। उसे देखे बिना मन नहीं मानता।' ठंडी आहें भरते हुए—हाय, क्या लगती है, कितनी मीठी आवाज है। बोलती है तो लगता है, सिर्फ बोलती ही रहे। चलती है तो लगता है, उसके सामने लेट जाऊँ और वह मेरे सीने पर पैर रखकर निकल जाए। दिल को कुछ तो राहत मिलेगी। पहली मुलाकात ही कितनी अद्‌भुत थी! नवदुर्गा पूजा के अवसर पर अपनी दीदी के साथ मंदिर में वह भी जल चढ़ाने आई थी। मैं पहले से ही देवीजी के दर्शन कर रहा था। उसने दूर से ही जल चढ़ाया, लेकिन वह मेरे ऊपर गिर गया। मैंने पीछे मुड़कर कहा, 'देवी को जल चढ़ाइए देवीजी। इस देवा को नहीं?'

वह कुछ भी नहीं बोली, बस झेंपकर मंद-मंद मुसकराते हुए चल दी। मैं भी उसे जानने की उत्सुकता से अपने घर की जगह पीछे-पीछे उसके घर तक पहुँच गया। दूसरी मुलाकात तो बड़ी ही चिंताजनक रही। वह अपनी साइकिल पर मार्केट से घर आ रही थी, अचानक एक बूढ़ी अम्माजी को साइकिल टच हो गई। अम्मा ने नाराज होकर कहा कि इतनी बड़ी हो गई, आदमी नहीं दिखते क्या?

वह कुछ बोल पाती कि तभी पास ही खड़े एक मनचले ने कहा, 'आप जाओ अम्मा, हम बात कर रये।'

'मैडम, हमारे ऊपर चढ़ा दो। यह सीना हाजिर है।'

उसने साइकिल छोड़कर जोरदार दो थप्पड़ चिपका दिए। थप्पड़ की गूँज इतनी तेज थी कि पूरा मार्केट जैसे थम गया हो। बिना कुछ बात किए, वह

साइकिल उठाकर चली गई थी। तभी से चिंता लगी है, कहीं ऐसा न हो कि मैं कुछ कहूँ और वह मुझे भी···।

मेरी तो पूरी बनी-बनाई इज्जत मिट्टी में मिल जाएगी। फिर यदि बात घर पहुँच गई तो पिताजी जीना मुश्किल कर देंगे। यह सोच रहा था कि तभी आवाज आई, "विक्रम भैया! शिवेंद्र भैया से मिलने आए हो?"

एक तेरह-चौदह साल के लड़के चीकू ने पूछा।

"हाँ। शिवेंद्र घर पर है?"

"हाँ। है तो। पाँच रुपए दो, हम लोगों को फिल्म देखने जाना है, फिर हम उन्हें बुला भी देंगे।"

"पहले यह बताओ कि तुमने अपनी ऋतु दीदी के सामने मेरी तारीफ की थी?"

"पहले पाँच रुपए दो, फिर बताएँगे।"

"अच्छा यह लो, अब बताओ?"

"हाँ। की थी। तब अमित भैया भी थे।"

"गधे! मैंने अकेले में बोलने को कहा था। तू तो पूरा रायता फैलाकर आ गया। मेरे पाँच रुपए वापस करो।"

"पहले पूरी बात सुन तो लो। वे अमित भैया से कह रही थीं कि इस बार फाइनल एग्जाम की गेसिंग मिल जाएगी, तो हमने कहा कि विक्रम भैया की सभी जगह पहचान है, वे दिला देंगे। तभी अमित भैया ने कहा कि मैं विक्रमजी से बात कर लूँगा। अब अमित भैया आपके पास आएँगे।"

"चलो, अच्छा किया।"

"आप रुको। हम शिवेंद्र भैया को बुलाकर ला रहे हैं। जल्दी बुलाकर लाओ।"

यह शिवेंद्र की भी अपनी कहानी है। जब ऋतु स्कूल जाती थी, तब मैं हर रोज उसके पीछे-पीछे स्कूल जाता था और जब उसका स्कूल छूटता, तब किसी-न-किसी बहाने दुकान पर उसे देखने के लिए खड़ा हो जाता था। एक दिन मैं अपने बाजार के दोस्त प्रमोद के साथ बैठा था। तभी यह अपने सात-आठ साथियों के साथ आया और गुस्से में मुझसे कहने लगा, 'काय! तुम हमाये मुहल्ला में बटेरबाजी कर रये हो? हमोरें तुमाये हाथ-पाँव तोड़वे आए हैं।'

मैंने कहा, 'एक मिनट रुको। तुम लोगों में से जिन-जिन लोगों को कुटना-पिटना है, वे यहीं रुकें और जिन्हें नहीं कुटना-पिटना, वे निकल लें, क्योंकि यदि मैंने मारा तो तुम लोगों के घर तक मारूँगा।' मेरा इतना कहना था कि शिवेंद्र को छोड़कर सब भाग खड़े हुए।

फिर मैंने शिवेंद्र से कहा, 'देखो तुम चाहो तो दूसरे लोगों को ले आओ, क्योंकि ये सभी तो भाग गए या फिर मुझसे दोस्ती कर लो।' शिवेंद्र को दोस्तीवाली बात अच्छी लगी। उसने बताया कि ऋतु उसकी बुआ की लड़की है। फिर ऋतु जब भी कहीं जाती, शिवेंद्र मुझे ढूँढ़कर बताता कि वह वहाँ गई है। फिर उसने ही ऋतु के भाई अमित से मेरी दोस्ती करवाई। अब हम लोग पक्के दोस्त हैं। अमित अवसरवादी है, वह किसी-न-किसी तरह अपना उल्लू सीधा करवाने की जुगत में लगा रहता है।

इसी बीच चीकू ने आकर बताया, "विक्रम भैया, भैया आ रहे हैं। कपड़े पहन रहे हैं।"

"चीकू, कल हम तुम्हें एक लेटर देंगे, तुम उसे ऋतु दीदी को दे देना।"

"ठीक है, दे देंगे, मगर आपको हमें बीस रुपए देने पड़ेंगे। मुझे प्रश्नबैंक खरीदना है।"

"हाँ, ले लेना।"

शिवेंद्र—"अच्छा हुआ विक्रम, तुम आ गए। तुम्हें ही याद कर रहे थे। बड़ी लंबी उम्र है तुम्हारी। यार! कल चीकू के हाथ से ऋतु को खून से लिखा लेटर भेजनेवाला हूँ।"

"तुम यार, चीकू और हमें जूते मत पड़वा कें मान हो।"

"अरे नहीं। ऐसा नहीं होगा। शुभ-शुभ सोचो, सबकुछ शुभ होगा।"

"क्या यार! पूरे मजनूँ तो बने जा रहे हो। लेटर खून से लिखने का क्या मतलब? स्याही से ही लिखकर दे दो।"

"नहीं यार! पहली बार लव-लेटर लिखूँगा, वह भी खून से। कम-से-कम उम्र भर उसे और मुझे याद तो रहेगा।"

"वह तो ठीक है, किंतु पहले वह ले तो ले।"

"कोशिश तो करूँगा। यदि उसने लेटर ले लिया तो समझो आग और

तूफान दोनों तरफ है। अगर नहीं लिया, तो समझो, इसके बादवाला तो ले ही लेगी।"

अगले दिन सज-धजकर विक्रम जब शिवेंद्र के घर गया, तब उसके एक हाथ में बँधी पट्टी यह इशारा कर रही थी कि पत्र खून से लिखा गया है। विक्रम के दिमाग में रास्ते भर ढेरों विचार उमड़-घुमड़कर आ रहे थे। बड़ा मुश्किल है, यह तय कर पाना कि उसे पत्र दूँ या न दूँ! कहीं ऐसा न हो कि बहुत ज्यादा गड़बड़ हो जाए। अभी कम-से-कम उसे देख तो लेता हूँ। अब जो होगा, देखा जाएगा। वैसे भी प्रेम वह भाव है, जिसकी आँखें नहीं होतीं, लेकिन देखता सब है। जिसके हाथ नहीं होते, किंतु आँसू भी वही पोंछता है। पैर नहीं होते, लेकिन दुनिया में चलता वही है। ज्ञानियों को पढ़ और सुनकर पता चलता है कि प्रेम न राग है, न द्वेष है, न इच्छा है, न तृष्णा। प्रेम का कोई रूप नहीं होता और न ही कोई पहचान होती है। कमाल यह है कि प्रेम कुछ भी नहीं है और प्रेम ही सबकुछ है।

एक दौर था, जब प्रेम करना आई.ए.एस. की तैयारी करने जैसा हुआ करता था। कई बार तो सिर्फ उससे बात करने की तैयारी करते-करते उसकी शादी का कार्ड तक आ जाता था। ज्यादा नहीं, बीस-पच्चीस साल पुराने मजनुओं की प्रेम कथाएँ तो ऐसी हैं, जिनमें मजनुओं को अपनी न बन सकी लैला का नाम तक शादी के कार्ड से ही पता चलता था। 'चिरंजीव अनोखे लाल' संग 'धनिया'। किताबों में रखकर गुलाबों का आदान-प्रदान और पत्र, प्रेम के रस्मो-रिवाज थे।

विक्रम ने जैसे ही शिवेंद्र के घर की डोरबेल दबाई तो दरवाजा चीकू ने खोला।

"अच्छा हुआ चीकू, तुम मिल गए, यह लो तुम्हारे बीस रुपए और यह चिट्ठी। जाओ इसे ऋतु को दे देना।"

चीकू—"वह मुझे मारेगी तो नहीं?"

"अरे, मारेगी क्यों? तुम थोड़ी कोई गलत काम कर रहे हो। बल्कि हो सकता है, तुम्हें बीस रुपए वह भी दे दे।"

"सच्ची!"

"हाँ। और क्या। जाओ, आज तुम्हारी परीक्षा है कि तुम कितने होशियार हो? देखो, यह लेटर उन्हें अकेले में देना, किसी के सामने नहीं, वरना वह गुस्सा हो सकती है। जल्दी जाओ।"

"ठीक है। जा रये।"

बीस मिनट बाद रुआँसा चीकू लौटकर आ गया।

विक्रम—"क्या हुआ?"

"क्या हुआ? क्या? आपने पिटवा दिया हमें।"

"अरे, यह कैसे हो गया?"

"मैं यहाँ से गया तो ऋतु दीदी अकेली बैठी थी। मैंने उन्हें लेटर दिया तो उन्होंने पूछा, 'क्या है यह?'

"मैंने कहा, 'दीदी, विक्रम भैया ने दिया है।'

"उन्होंने खोलकर देखा और पैरों के नीचे डालकर कुचलते हुए मेरा कान पकड़कर दो थप्पड़ चिपका दिए और कहा कि आइंदा ऐसी हरकत की तो इतनी शंटियाँ मारूँगी कि खाल उधड़ जाएगी। फिर तुम्हारे मम्मी-पापा से भी शिकायत करूँगी और अपने विक्रम भैया से कह देना कि दोबारा ऐसी हरकत की तो अमित भैया से तो बोलूँगी ही, साथ में आपको भी राइट कर दूँगी।"

"अच्छा। ऐसा बोला उसने। खैर, यह बताओ मेरा लेटर तो पढ़ लिया था कि नहीं?"

"पढ़कर ही कुचला है। यह है, लो, रख लो।"

"शिवेंद्र भैया को मत बताना, नहीं तो वे अलग से मारेंगे।"

"अरे, बिल्कुल नहीं।"

"शाबाश। अब जाओ और शिवेंद्र को मेरा बोल दो कि नीचे इंतजार कर रहे हैं।"

शिवेंद्र—"आ गए सर, का भयो तुमाये लेटर को?"

"चीकू खों भेजो तो का?"

"हाँ। जैसे तुम्हें कुछ पता ही नहीं। मगर तुम उससे कुछ मत कहना।"

"बतइयो, हम भी पढ़ें, का लिखो तो?"

"देख लो।"

"अरे। यह लेटर की तो भौतई बुरी हालत हो गई।"

ऋतुजी, चार साल हो गए, तुम्हें देखते हुए। पता नहीं तुम्हें अहसास है कि नहीं। मैं तुमसे बहुत प्यार करने लगा हूँ। अब तो ऐसे लगता है, जैसे तुम्हारे

बिना जी नहीं पाऊँगा। दिन-रात तुम्हारे ही खयालों में डूबा रहता हूँ। सिर्फ तुम्हें दिन में एक बार देखने के लिए यहाँ के चक्कर काटता फिरता हूँ। मेरी हालत ऐसी है कि तुम्हें देखे बिना चैन ही नहीं पड़ता। मेरे दिल की हालत जल बिन मछली की तरह हो गई है। अब तुम्हीं हो, जो मुझे रास्ता दिखा सकती हो। तुम्हारे जवाब के इंतजार में—विक्रम।

"लिखो तो अच्छो है, पट्टी-बट्टी बाँधे हो हाथ में। लगत है, अच्छो-खासो खून बहा दयो है।"

"अरे नहीं यार। इतनी जल्दी खून बहा दूँगा तो फिर आगे यदि सच में खून से लिखना पड़ा तो फिर क्या करूँगा? घर में मम्मी अलग सौ सवाल करेंगी कि क्या हुआ? चोट कैसे लगी? बहुत लापरवाह हो गए हो।"

"लेटर तो खून से लिखो है, जो कहाँ सें आओ?"

"देखो, जिस तरह अनाज में इल्ली लगत है, वैसई जो गाय-भैंसों में जो लगत है, ओखों कहत है किल्ली। होता यह है कि जो किल्लियाँ गाय-भैंसों में लगती हैं, वे बहुत मोटी हो जाती हैं गाय-भैंस का खून पी-पीकर। मेरी गाय में भी लगी थीं। मैंने उनमें इंजेक्शन ठूँसकर छह-सात किल्लियों का खून ले लिया और लेटर लिखकर पकड़ा दिया। समझ में आ गई मेरी बात?"

"भौतई बड़ेवाले हो यार। आज समझ में आ गई।"

"देखो दोस्त, इससे पहले कि अब कोई लफड़ा बने, हम निकल रहे हैं।"

शिवेंद्र ने कहा, "विक्रम भाई, तुम हमारे बहुत अच्छे दोस्त हो, इसलिए यह जरूर कहूँगा कि क्या होगा, क्या नहीं? यह तो मुझे नहीं पता, लेकिन अकसर प्यार-मोहब्बत के चक्कर में अच्छे-अच्छे लोगों का कॅरियर तबाह हो जाता है। शायद अभी हम लोगों को कॅरियर पर ध्यान देना चाहिए। मैं मानता हूँ, इस रास्ते पर एक बार कदम बढ़ाने के बाद पीछे चाहकर भी मुड़ना बहुत दुष्कर है, लेकिन दृढ़ इच्छाशक्ति के आगे कुछ भी कठिन नहीं है। वैसे भी सच्चे प्रेम की गति हमेशा असफलता की कगार पर खड़ी होती है।"

विक्रम ने कहा, "ठीक है शिवेंद्र भाई! मैं ध्यान रखूँगा, लेकिन कंट्रोल होगा कि नहीं, यह नहीं कह सकता। अब मैं चलता हूँ।"

विक्रम कदम बढ़ाए जा रहा था और मन-ही-मन कह रहा था, 'हे भगवान्!

यह कॅरियर और मोहब्बत दोनों के लिए अलग-अलग टाइम-टेबल क्यों नहीं बनाया? जब कॅरियर की बात होती, तब सिर्फ कॅरियर से रिलेटेड बातें ही दिल और दिमाग में आतीं और जब दिल की बात होती तो दिल कुरबान भी हो जाता, तो भी क्या गम था? वैसे भी यह प्रेम, मोहब्बत, इश्क, सब तुम्हारे ही तो नाम हैं।'

दिल ने दिमाग का साथ ही कब दिया है? मेरे जैसे लाखों हैं, जो सिर्फ प्रेम में ही जीते हैं। मोहब्बत के दर्द की तड़पती चीखें, सिसकती रातें, आँसुओं से नम आँखें, सिर्फ एक मुलाकात के लिए जिंदगी की लाखों खुशियों से बड़ी होती हैं। जहाँ 'मैं' 'तुम' पर न्योछावर हो जाए और दिल की हर एक धड़कन उसके नाम हो जाए, वही तो मोहब्बत है। फिर कोई किसी को हमसफर माने या न माने, उसके लिए चाहत रग-रग में खून बनकर तो दौड़ती है, जिस पर हक भी हो, लेकिन तब भी प्यार ने लेना ही कब सीखा है, सिवाय देने के?

□

भाग-5

ईश्वर ने अगर दिल बनाया है तो सोच-समझकर ही बनाया होगा। मोहब्बत के किस्से अमर क्यों हैं? क्योंकि सच्ची मोहब्बत में न तो स्वार्थ होता है और न ही वासना। दुनिया में ऐसे लोग भी हैं, जो अपनी मोहब्बत की खुशी के लिए त्याग की मूर्ति तक बन गए। लोगों ने उन्हें मामूली समझकर छींटाकशी भी खूब की है। जहाँ हमदर्दी, सहानुभूति होनी चाहिए, वहाँ उन्हें नफरत ही मिली। बिना मोहब्बत के जिंदगी-जिंदगी तो नहीं हो सकती। हाँ, यह पूरी दुनिया मोहब्बत के बिना जिंदा लाशों का कारखाना जरूर हो सकती है। मैं ऋतु से मोहब्बत करना नहीं छोड़ सकता, अब चाहे जो भी हो और कोई कुछ भी कहे।

अचानक विक्रम ने देखा कि डीके उसे आवाज देते हुए कुटिलता से मुसकराता हुआ उसके पास चला आ रहा है। दरअसल डीके कुटिल, चालाक, बदमाश और रंगीन मिजाज का है। वह अपनी स्वार्थपूर्ति के लिए किसी से भी दगा करने में माहिर है। एक को दूसरे दोस्त से भिड़ाना और फिर खुद नेता बनकर दोनों तरफ से अपना उल्लू सीधा करना ही उसकी फितरत है।

डीके विक्रम के समीप आकर बोला, "कैसे हो भैया? आजकल तो तुमाये मिजाज ही नईं मिल रये? हमने सोची, तुम भले ही हमें छोड़बे की कोशिश करो, पर हम नईं छोड़बेवाले!"

विक्रम ने रूखे मुँह से कहा, "क्या करें? तुम्हारा कोई ईमान-धरम तो है नहीं, कुत्तों की तरह कहीं भी मुँह मारने पहुँच जाते हो।"

डीके ने अपनी सफाई देते हुए कहा, "नहीं यार, अब मैं बिल्कुल बदल

गया हूँ। जिसकी चाहे कसम ले लो। माँ कसम खा रहा हूँ, मैंने सबकुछ त्याग दिया है। जब से आशारामजी की दीक्षा ली है, सिर्फ भगवान् के भजन में लग गया हूँ।"

विक्रम मुँह चिढ़ाकर बोला, "मतलब नौ सौ चूहे खाकर बिल्ली हज करने जा रही है। डीके साहब, "जा को जैसो सुभाव ने जाए जी सें; नीम ने मीठी होए, सींचो गुड़ घी सें।"

डीके अपने चेहरे के भावों को सिकोड़कर बोला, "दोस्त, एक बार तो भरोसा बनता है, फिर हमें-तुम्हें एक-दूसरे से कुछ लेना-देना थोड़ी है। भावनाएँ हैं, जो हमेशा अपने दोस्त के लिए तो रहती ही हैं।"

विक्रम मन में सोचने लगा, 'बात तो सही कह रहा है। एक बार भरोसा करने में क्या जाता है।'

"चलो ठीक है डीके, मेरी यह दोस्ती भी लोग याद रखेंगे।"

दोनों एक-दूसरे का हाथ पकड़े चले जा रहे थे, तभी पीछे से यकायक एक कर्कश और तेज आवाज आई—

"ये, यय य··सुन!!"

उस आवाज ने दोनों को पीछे मुड़कर देखने को मजबूर कर दिया। यह आवाज थी पेड़ के नीचे बैठे एक नागा साधु की। जिसकी लाल बड़ी-बड़ी आँखें दूर से भी डरा रही थीं। हम अनसुना करते कि उसने फिर तेज आवाज में कहा, "हाँ-हाँ! तुम दोनों को ही बुला रहा हूँ। इधर आओ।"

दोनों ही साधु के पास पहुँच गए। उसने आव देखा न ताव और गुस्से में कहा, "तू मोहब्बत करता है किसी से और अब तक उसके सामने कुछ भी नहीं बोल पाया?"

साधु का इतना कहना ही था कि विक्रम हतप्रभ रह गया, क्योंकि यह मासूम हृदय पर कठोर प्रहार था। वह मन-ही-मन कहने लगा, 'यह साधु तो बहुत पहुँची हुई हस्ती है। इन्हें कैसे पता चला कि ऋतु को उसके मुँह पर मैं कुछ नहीं बोल पाया?' अब विक्रम की कोमल भावनाएँ कुछ पाने की ललक में साधु के चरणों में अपने आप को साष्टांग कर चुकी थीं।

अब बारी डीके की थी। साधु ने उसकी शक्ल की तरफ देखा और कहा,

"तू बहुत बड़ा आदमी बनेगा। बोल तुझे हमेशा बड़ा आदमी बनने के सपने आते हैं कि नहीं?"

डीके ने विस्मित होकर डरते हुए कहा, "जी गुरुजी, आते हैं।"

नागा ने रास्ते की धूल को जैसे ही अपनी मुट्ठी में लेकर आँखें बंद करके मुट्ठी में मसलना शुरू किया तो उसमें से खून की तरह लाल-लाल पानी निकलना शुरू हो गया।

अब तक विक्रम और डीके दोनों ही बाबा की महिमा से प्रभावित हो चुके थे। बाबा में ढेरों अदृश्य शक्तियाँ हैं, बाबा कुछ भी कर सकते हैं। तभी बाबा ने अपना हाथ घुमाया और अपनी मुट्ठी खोली तो उसमें से एक कुमकुम से भरा रुद्राक्ष निकल आया। तब बाबा ने कहा, "तुम दोनों को एक-एक रुद्राक्ष दूँगा, जिसको पहनते ही आज से ठीक छह माह में तुझे तेरी मोहब्बत मिल जाएगी और तू (डीके की तरफ इशारा करते हुए) करोड़पति बन जाएगा।"

अब तो विक्रम के मन में भी लालच का कीड़ा बिलबिलाने लगा था। उसने दबे स्वर में कहा, "बाबा, मुझे लखपति ही बना दो।"

बाबा ने अपना हाथ उठाते हुए कहा, "जा, तू भी छह माह में करोड़पति बन जाएगा। लेकिन फिर बाबा को भूल तो नहीं जाएगा। कभी बाबा तेरे घर आया तो खाना खिलाएगा कि नहीं?"

विक्रम (खुश होकर), "क्या बात कर रहे हैं बाबा! सब आपका ही दिया हुआ होगा। आपकी पूरी सेवा करेंगे।"

डीके भी प्रभावित होकर कहने लगा, "हाँ बाबा, आपका आशीर्वाद रहा तो हमेशा आपकी पूजा करेंगे।"

एक बार फिर बाबा ने अपनी कड़कती हुई आवाज में कहा, "तो रख इक्यावन-इक्यावन सौ रुपए। बाबा तुम दोनों की मनोकामना पूरी करेंगे।"

अब विक्रम और डीके ने एक-दूसरे के चेहरे की तरफ देखा, जैसे कह रहे हों कि बाबा अब हम पर वज्रपात करने लगा है।

दोनों ने एक सुर में कहा, "बाबा, इतना तो हमारे पास नहीं है।"

बाबा धुन का पक्का था, उसने जोर से कहा, "चल ला, दोनों का इक्यावन सौ रुपए, इतने में ही बाबा दोनों की मनोकामना पूरी कर देंगे।"

दोनों ने फिर सुर-में-सुर मिलाते हुए बाबा से कहा, "हमारे पास इतने भी नहीं हैं।"

बाबा इक्यावन सौ से इक्कीस सौ, ग्यारह सौ, पाँच सौ रुपए, सौ रुपए, इक्यावन रुपए, इक्कीस रुपए, ग्यारह रुपए तक आ गया।

लेकिन दोनों का वही जवाब कि बाबा, इतना तो नहीं है!

अंत में थक-हारकर बाबा ने कहा, "चलो जितना है, उतना ही लाओ।"

विक्रम ने अपनी जेब टटोली तो पैंतीस पैसे निकले। फिर उसने डीके से कहा, "देखो यार, तुम्हारे पास कितने हैं?"

डीके ने अपनी जेबें खँगालते हुए पचहत्तर पैसे निकाले।

विक्रम ने बाबा से कहा, "बाबा, हम दोनों के पास सिर्फ एक रुपए दस पैसे हैं। हाँ, साथ में यह दो रुपए का पेन भी है।"

बाबा ने पैसे और पेन लेते हुए, शरीर की कमर के नीचे से दो बाल नोचे और कागज में उसकी दो पुड़ियाएँ बनाकर एक विक्रम को और एक डीके को थमाते हुए कहा, "कोई प्रश्न नहीं करना, न ही पीछे मुड़कर देखना। यह पुड़िया अपने-अपने बटुए में रख लो। छह माह में तुम दोनों की जिंदगी बदल जाएगी। अब जाओ।"

विक्रम और डीके बिना कोई प्रश्न किए, पीछे मुड़कर देखे बगैर ही अपने-अपने घर को निकल गए।

विक्रम रात भर सोचता रहा कि काश, बाबा का टोटका काम आ जाए तो सारे काम बन जाएँ। बाबा लग तो सिद्ध पुरुष रहा था और फिर नागा साधु; लोग कहते हैं, इनके मुँह से निकली बात हमेशा सच होती है।

विक्रम और डीके दोनों अपने-अपने पर्स में छह माह तक पुड़िया रखे घूमते रहे, लेकिन जैसे थे, वैसे ही रहे, कोई अंतर नहीं आया।

डीके ने कहा था, "देखो विक्रम, कैसे ये साधु के रूप में लुटेरे, देश में जनता की कोमल भावनाओं से खेलते हुए, बेवकूफ बनाते हैं। बिना पैसे लगाए, बिना श्रम लगाए, भोली-भाली जनता के मनो-मस्तिष्क पर अपनी कुटिल बुद्धि का प्रयोग करके अपने जाल में फँसा लेते हैं और राजसी भोग-विलासपूर्ण अपना जीवन व्यतीत करते हैं। इन बाबाओं के चेहरों के पीछे बहुत बड़ा काला

और बीभत्स चेहरा होता है। जो इनकी कुटिल बुद्धि के पीछे काले नाग की तरह कुंडली मारकर बैठा रहता है। जैसे ही कोई इनके जाल में फँसा और वह नाग फन मार-मारकर अच्छे भले इनसान की बुद्धि और चातुर्य को खत्म कर देता है। यही काला सच है।"

"सच है, देश का जितना ज्यादा सत्यानाश इन बाबाओं ने किया है, उतना किसी ने नहीं किया। अंधविश्वास अविकसित शिक्षा का एक कारण हो सकता है। लेकिन मस्तिष्क से सोचे बगैर, भावना-प्रधान जीवन किसी अंधे कुएँ के समान ही होता है।"

□

भाग-6

युवावस्था में जीवन की सुबह गुलाबी और नशीली होती है। हृदय में सारा आकाश समाहित रहता है, जिस पर पड़ती सूरज की किरणें इंद्रधनुष की भाँति जीवन को रंगीन बना देती हैं। फौलादी जोश होता है और लगता है कि जल्द ही पूरी दुनिया मेरी मुट्ठी में होगी। हर सुबह नई दुनिया, सबकुछ रंग-बिरंगा और नए सपने। न भय, न चिंता। बस, आजादी-ही-आजादी। यही वह समय होता है, जब जीवन जीने की कला समाज में सांस्कृतिक, सामाजिक, शैक्षणिक मार्गों से होकर सीखी जाती है, जिनमें सिर्फ शिक्षा के लिए सन्मुख परीक्षा के विभिन्न स्तरों से होकर गुजरना पड़ता है। जीवन की बाकी शिक्षाएँ प्रायोगिक होती हैं।

सुबह के सात बजे थे। 'विक्रम-विक्रम' की आवाज सुनकर विक्रम ने अपने कमरे का दरवाजा खोला तो माँ सामने खड़ी थीं।

जोर से बोलते हुए, "कितनी देर से चिल्ला रये हैं, सुनाई नईं पड़त का? जितेंद्र कितनी देर सें बाहर खड़ो है।"

"अरे नींद लग गई थी। आज तो पतई नईं चलो और सबेरो हो गओ।"

आँखें मलते हुए घर से बाहर निकलकर—

"अरे यार, तुमने नींद और खराब कर दई।"

जितेंद्र ने कहा, "बेटा, आठ बजे से पेपर है, सात तो इतईं बज गए, परीक्षा नईं देनें का?"

"अरे यार, हम ओरें गिने-चुने तो परीक्षार्थी ही हैं। दस मिनट और सो लेने देते तो तुम्हारा क्या जाता?"

"ठीक है, तो तुम सोओ, हम निकल रये।"

"अरे यार, तुम तो नाराज हो गए। दो मिनट में तैयार होकर आता हूँ, तब तक तुम बैठकर समाचार सुनो।"

तैयार होने के लिए सोचना नहीं पड़ता। एक पैंट, एक शर्ट, आँखों पर चश्मा, अच्छे से जूते, बस सेकंडों में राजा बाबू बनकर विक्रम बाहर आया और जितेंद्र से बोला, "चलो। हो गए समाचार!"

जितेंद्र ने कहा, "बड़े जल्दी तैयार हो गए।"

"एक आदमी को तैयार होने में जितना वक्त लगता है, उतने में ही हो गया।"

"आज उठने में बड़े लेट हो गए?"

"हाँ यार, रिवीजन करने में लेट हो गया था।"

कॉलेज पहुँचना ही था कि पीछे से आवाज आई, "विक्रम!" पीछे मुड़कर देखा तो स्कूटी पर काजल और शबाना चली आ रही थीं।

काजल बोली, "आज आखिरी पेपर है, यह भी अच्छा हो जाए तो मजा आ जाए।"

सभी दोस्त कैंपस पहुँच चुके थे। औपचारिक बात होने के बाद संध्या ने पूछा, "आज डंकी नहीं आया?"

"वह आ रहा है।" नीता ने इशारे से बताया।

परीक्षा हॉल में पहुँचकर जैसे ही पेपर देखा तो सभी सन्न रह गए। सभी ने परीक्षक को बताया, "सर, यह पेपर आउट ऑफ कोर्स है। हम लोग इस पेपर का बहिष्कार करना चाह रहे हैं।"

परीक्षक ने सभी को समझाते हुए कहा, "देखो, बहिष्कार तो कर दोगे, लेकिन यह गारंटी नहीं है कि तुम लोगों को फिर इसी पेपर का एग्जाम देने को मिलेगा। अगर अवसर मिला भी तो वह सप्लीमेंट्री की परीक्षा तक पहुँच जाएगा और सप्लीमेंट्री परीक्षा होगी छह माह बाद। पूरा साल बरबाद करने से अच्छा यह है कि जैसे भी हो, यह पेपर कंप्लीट करके अपने डीन से बात कर लो। शायद समस्या का समाधान हो जाए।"

सभी को परीक्षक की सलाह अच्छी लगी और जैसे-तैसे करके सभी ने पेपर दे दिया।

परीक्षा हॉल से बाहर आकर काजल ने कहा, "पेपर आउट ऑफ कोर्स था, इसकी जानकारी देने के साथ हमें डीन मैडम से भी बात करनी चाहिए, वरना अठारह-के-अठारह सभी फेल हो जाएँगे।"

"डीके, आप कार्यालय जाकर मैडम से बात कर लीजिए, उनसे कहाँ मुलाकात हो पाएगी? तब तक हम लोग घाटी के नीचे पहुँचते हैं।"

डीके डीन से बात करने चला गया।

रास्ते चलते हुए संध्या ने कहा, "यार, प्रोफेशनल कोर्स में कॉलेज मैनेजमेंट से इतनी बड़ी मिस्टेक कैसे हो सकती है? क्या सिलेबस के अनुसार ही सबकुछ नहीं आना चाहिए। ढंग से पढ़ा तो सकते नहीं, कम-से-कम पेपर तो सही ढंग से सेट करना ही चाहिए। कुरसियों पर बैठे-बैठे सिर्फ आलस और भ्रष्टाचार ही सर्वगुण संपन्नता की निशानी हो गए हैं। बस, सरकारी कुरसी मिली नहीं कि आम जनता पैरों की धूल हो गई।"

तभी शबाना ने अपना तर्क देते हुए कहा, "मैं आज तक समझ नहीं पा रही हूँ, पढ़ने-लिखने के बाद जब कोई किसी पद पर पहुँचता है तो उसे मालूम होता है कि उस पद के उत्तरदायित्व व घटक भी होते हैं, जिन घटकों पर ही उसे पूरे जीवन भर काम करना होता है। फिर यही पढ़े-लिखे लोग जो पढ़ते हैं, उसे भुलाकर अपनी नई परिभाषाएँ क्यों गढ़ना शुरू कर देते हैं? फिर एक अच्छे सिस्टम को अपनी मानसिकता के अनुसार मोड़कर सड़े-गले सिस्टम में अपने अनुसार बदल लेते हैं।"

अपनी सहमति जताते हुए काजल बोली, "देश में जब तक सरकार में बैठे लोग शीर्ष पदों को सिर्फ युवाओं के लिए रिजर्व नहीं रखते, तब तक देश में अच्छे बदलाव की उम्मीद नहीं की जा सकती। जब तक देश की सरकारें ठोस, कठोर, जिम्मेदारी भरे कदम नहीं उठातीं, तब तक देश विसंगतियों की पाठशाला बना रहेगा। बड़े देशों की प्रगति का कारण ही जनता द्वारा योग्य व्यक्ति को चुनना होता है। जिस दिन से देश की समझ सिर्फ योग्य व्यक्ति का चयन करना हो गया, उसी दिन से हमारे देश का भ्रष्टाचार जड़ से खत्म हो जाएगा, क्योंकि अच्छे व्यक्ति के साथ सबको अच्छा होना ही पड़ेगा, वरना सिस्टम से बाहर। देश में योग्यता का एक पैमाना सुनिश्चित होना चाहिए, फिर वह चाहे देश का प्रधान

हो या संत्री। इन सबको प्रत्येक वर्ष योग्यता की परीक्षा से गुजरना ही पढ़े, न कि सिर्फ आश्वासन और घोषणाएँ हों। तभी हम एक आदर्श भ्रष्टाचारमुक्त देश की परिकल्पना को साकार कर सकते हैं।"

उसी वक्त विक्रम ने अपनी जेब से पेन निकाला और काजल को देते हुए कहा, "देवीजी, आपके अच्छे और सुलझे हुए विचारों के लिए इस गरीब की तरफ से यह गिफ्ट स्वीकार करें।"

"ओहो, गरीब!" काजल मुसकराते हुए।

इसी बीच डीके आ गया तो संध्या ने मजाक बनाते हुए कहा, "क्या समाचार लाए हो, डंकी?"

"गब्बर सरदार, मैडम सिविल लाइंस में रहती हैं। उन्होंने कहा है कि मैंने पेपर नहीं देखा है, तुम लोग सीधे घर आ जाओ।"

"सिविल लाइंस तो यहीं से लगा हुआ है, चलो। क्या मकान नंबर दिया है?"

"उन्होंने कहा है—वस्त्रागारवाली गली से सीधे आना, एक पुलिया पड़ेगी। वहाँ किसी से भी पूछ लेना, कोई भी बता देगा।"

कॉलेज में डिपार्टमेंट की सब्जेक्टिव हेड श्रीमती प्रतिभा देवी मैडम थीं। वे अनुशासनप्रिय, व्यावहारिक और विकसित महिला होने के साथ-साथ महिलाओं में जागृति लाने के कार्य भी करती थीं।

पूरी टीम मैडम के बताए अनुसार पते पर गली की पुलिया पर खड़े होकर किसी राहगीर का इंतजार करने लगी। चूँकि मई माह में, सुबह से ही धूप तेज होने लगती है और फिर दिन के बारह बज रहे थे, सभी को भूख भी लगनी थी। तभी सभी ने एक अधेड़ महिला को देखा, जिसे देखकर लग रहा था कि यह कामवाली बाई होनी चाहिए।

विक्रम ने महिला को रोककर पूछा, "यहाँ प्रतिभा मैडम कहाँ रहती हैं?"

महिला ने कहा, "भैया, नाम तो नईं जानत, मनों जोन कॉलेज में पढ़ाउत हें बे मैडम?"

सभी ने कहा, "हाँ-हाँ, वही मैडम।"

"जो बाजू में गेट लगो है, जोई आए उनको घर।"

पूरी टीम तपाक से गेट के पास पहुँच गई।

संध्या ने डीके से कहा, "डंकी, कॉलबेल बजाओ।"

डीके ने जैसे ही कॉलबेल बजाई, वैसे ही एक दुबला-पतला लड़का फर्स्ट फ्लोर की बालकनी पर आया और झाँकते हुए पूछा, "हाँ जी, क्या काम है?"

काजल ने प्रत्युत्तर में कहा, "हम लोग कॉलेज से आए हैं, मैडम से मिलना है। हम लोगों की उनसे बात हो गई थी।"

लड़के ने कहा, "आप लोग रुकिए, मैं पूछता हूँ।"

दो मिनट बाद वही लड़का फिर बालकनी में आया और कहा, "आप लोग गेट से अंदर आकर सीढ़ियों से ऊपर आ जाइए।"

सभी लोग गेट से अंदर होकर सीढ़ियों से फर्स्ट फ्लोर पर पहुँच गए।

वहाँ उन्होंने एक भारी आवाज, जो कमरे से आ रही थी, सुनाई दी—"कुरसियाँ रखी हैं, सभी लोग उठा लो और बैठ जाओ।" सभी ने कुरसियाँ लीं और बैठ गए।

सभी आपस में बातें कर ही रहे थे कि एक आदमी कमरे से बाहर निकलकर आया, जिसका लगभग छह फीट लंबा कद, बड़ी-बड़ी आँखें, रोबीला चेहरा, जिसे देखकर हम लोग कुछ अनुमान लगाते कि उसने कहा, "मैडम अभी पूजा कर रही हैं, उन्हें थोड़ी देर लगेगी।"

काजल ने कहा, "जी सर, हम लोग बैठे हैं।"

"तुम लोग नाश्ता करोगे क्या?"

जैसे ही उन्होंने नाश्ता के लिए पूछा, वैसे ही सबके चेहरे खिल उठे। सभी एक-दूसरे के चेहरे को देख ही रहे थे कि तपाक से संध्या ने कहा, "सर, भूख तो लगी है, नाश्ता तो किया ही जा सकता है।"

उसने उस दुबले-पतले लड़के को बुलाते हुए कहा, "सभी को गिन लो और सामने से दो-दो समोसे, एक-एक टिकिया, मीठा दही, जलेबी दौड़कर ले आओ।"

अठारह लोगों की संख्या गिनकर वह नाश्ता लेने चला गया।

वैसे इतनी आवभगत से यह लग रहा था, जैसे इतनी संख्या में कॉलेज के छात्र पहली दफा उनके घर आए हों। तभी काजल ने कहा, "ये मैडम के मिस्टर होने चाहिए?"

संध्या ने हामी भरी, "सच कहा, ये वही हैं। इनका व्यवहार कितना मृदु है।"

काजल ने कहा, "यह बुद्धिजीवियों का घर है। सभी ऐसे ही व्यावहारिक होते हैं।" तभी बीच में बोलते हुए संध्या ने कहा, "अरे, ऐसा नहीं है। मेरे पड़ोस में एक डॉक्टर दंपती था, पति-पत्नी दोनों ही डॉक्टर थे, लेकिन दोनों में हमेशा झगड़ा होता था और एक रोज पत्नी घर छोड़कर चली गई। बाद में दोनों ने तलाक ही ले लिया। मेरे मानना है, बुद्धिजीवियों में अकसर तकरार होती है। जहाँ तकरार का अवसर आया या लाया जा रहा है, वहाँ बुद्धिमत्ता कहाँ रह गई।"

तर्क-वितर्क का सिलसिला चालू रहता, उससे पहले ही नाश्ता आ चुका था। पोलीथिन में रखे गरमागरम समोसे और टिकिया से आती भीनी-भीनी खुशबू ने जीभ में पानी ला दिया था। सभी के हिस्से का नाश्ता दे दिया गया था। सभी खाना शुरू करते कि इसी बीच उस आदमी ने कहा, "मैडम को पूजा करने में एक घंटा लगता है, हमने सोचा कि तब तक आप लोग नाश्ता ही कर लें।"

काजल ने कहा, "सर, आप नहीं ले रहे ?"

उन्होंने कहा, "नहीं, मैं खाना खा चुका हूँ। आप लोग लीजिए, मैं अंदर से अभी आ रहा हूँ।"

संध्या ने समोसा खाते हुए कहा, "चलो अच्छा रहा, जो नाश्ता मिल गया, वरना यहाँ से जाने के बाद विक्रम ही करवाता।" विक्रम ने काजल की तरफ देखा तो काजल हँसने लगी।

वही आदमी फिर कमरे से बाहर आया और पूछा, "तुम लोग कुछ और लोगे ?"

संध्या ने कहा, "बस सर। जल्दी मैम आ जाएँ, तो हम लोग निकलें।"

उन्होंने कहा, "बस आ ही रही हैं।"

तभी पीली साड़ी पहने एक महिला कमरे से निकली तो उस आदमी ने कहा, "लो, तुम लोगों का इंतजार खत्म हुआ। देखो वे आ गईं।"

जब सभी ने उस महिला की तरफ देखा तो सभी की हवाइयाँ उड़ने लगीं।

काजल ने मामले को भाँपा और कहा, "नहीं सर! हम लोग प्रतिभा मैम

से मिलने आए हैं। उन्हें बुला दीजिए।" अचानक अभी तक आवभगत में लगे व्यक्ति का चेहरा लाल हो गया।

उसने घरघराती तेज आवाज में कहा, "कौन प्रतिभा मैम ? यहाँ कोई प्रतिभा मैम नहीं रहती हैं। एक घंटे से हमारा समय खराब करके रख दिया। हऽऽऽट," दुबले-पतले लड़के की ओर इशारा करते हुए कहा, "उठा तो रे डंडाऽऽऽ!"

काजल ने इशारा करते हुए जोर से कहा, "भाऽऽऽगो! सभी ने सौ मीटरवाली दौड़ लगा दी। थोड़ी दूर पहुँचकर रुके और देखा कि सामने ही श्रीमती प्रतिभा देवी की नेम प्लेट लगी है।

इस बार विक्रम ने डोरबेल बजाई तो प्रतिभा मैम ने दरवाजा खोलते हुए कहा, "इतनी देर कहाँ लगा दी ? कब से तुम लोगों का इंतजार कर रही हूँ। मैंने सोचा कि अब तुम लोग नहीं आओगे, डंकी झूठ बोल रहा होगा," तो काजल ने पूरा वाकया सुनाया। सभी हँसने लगे। विक्रम ने कहा, "मैम, यह पेपर देख लीजिए, वरना हमारे तो मखाने फिंक जाएँगे।"

प्रतिभा मैम ने कहा, "चिंता न करो। इस पेपर में सभी को पास कर दिया जाएगा।"

मैम ने सभी को दरवाजे तक बाहर छोड़ते हुए कहा, "तुम लोग अब निश्चिंत होकर निकल जाओ।"

जब सभी लोग जाने लगे, तब एक-दूसरे का चेहरा देखकर उदास हो गए। शबाना ने कहा, "पता नहीं, अब हम सब कभी मिल भी पाएँगे या नहीं।"

काजल ने आँसू भरी हुई आँखों से कहा, "शायद आप सभी से मिलने का मेरा भी आज आखिरी दिन है। इसके बाद शायद ही अब कभी मुलाकात हो पाए।"

इतना सुनते ही विक्रम की आँखें भर आईं। तभी बीच में टोकते हुए डीके ने कहा, "अरे यार, हम सभी लोग कभी भी, किसी भी वक्त, किसी से भी मिल सकते हैं। कोई बैरियर थोड़ी लग गया है। सबका पता सभी के पास है। कभी भी आ-जा सकते हैं। चलो, अभी चलें यहाँ से।"

संध्या ने रूखे मुँह से कहा, "डंकी, तुम नहीं समझोगे, लड़कियों की मजबूरियाँ क्या होती हैं ? खैर, छोड़ो। चलो, चलते हैं।"

डीके ने विक्रम से कहा, "अब चलो, चलते हैं।"

काजल ने बीच में टोकते हुए कहा, "डीके, आप निकल जाओ, विक्रम को मैं छोड़ दूँगी।"

डीके ने कहा, "हाँ, ठीक है। आप लोग बातें करें, मैं निकलता हूँ।" इतना कहकर वहाँ से चला गया।

विक्रम की तरफ देखते हुए काजल ने कहा, "चलो, गार्डन में बैठते हैं।"

"हाँ, चलो।" विक्रम के मन में यह विचार आ चुका था कि मामला कुछ गंभीर है। यह आज अपने पैसे मुझसे माँगेगी। देने तो हैं ही। शाम को इसके घर जाकर या फोन करके इसे बुलाकर दे दूँगा।

गार्डन में पेड़ की छाँव के नीचे पत्थर की लंबी बेंच पर दोनों बैठ गए।

काजल ने विक्रम की तरफ आँसुओं से भरी आँखों से देखा। देखकर विक्रम की सोच-समझ जैसे बिल्कुल ठहर गई हो। दोनों बिना कुछ बोले ही थोड़ी देर बेंच पर बैठे रहे।

कुछ देर बाद काजल ने कहा, "पता है विक्रम, आज के बाद मैं अब कभी नहीं मिलूँगी।"

विक्रम की आँखें भर आईं और उसने रुँधे हुए गले से कहा, "ऐसा क्यों सोचती हो? और क्यों कहती हो कि हम कभी नहीं मिलेंगे?"

"मेरे पापा का ट्रांसफर यहाँ से चार सौ किलोमीटर दूर एक महीने पहले हो गया था। मैंने किसी को बताया ही नहीं। पेपर होने की वजह से सिर्फ पापा ही गए हैं, आज शाम को हमारी पूरी फैमिली यहाँ से चली जाएगी।"

"कहाँ?" विक्रम ने पूछा।

"यह मैं किसी को नहीं बता सकती। तुम्हें भी नहीं।"

"आखिर क्यों नहीं बता सकती?"

"मैं नहीं चाहती कि कोई मुझे याद करके मुझसे मिलने आए। यदि पता-शहर का नाम बता दिया तो हमेशा यह इंतजार रहेगा कि कोई-न-कोई मिलने जरूर आएगा। नहीं बताऊँगी तो यह यकीन तो रहेगा कि अब मुझसे मिलने कोई कभी भी नहीं आएगा।"

विक्रम डबडबाई आँखों से—"ऐसा क्यों कर रही हो, काजल?"

"प्रश्न अच्छा है।" आँसुओं से भरी हुई आँखें लेकर काजल ने कहा, "यदि आज यह न बोली तो जिंदगी भर यह प्रश्न मुझे कचोटता रहेगा कि जिसे मैं बेइंतहा प्यार करने लगी थी, उसे पता ही नहीं था कि मैं प्यार करती हूँ। हाँ विक्रम, मैं तुमसे अपने आप से ज्यादा प्यार करती हूँ। ऐसा लगता है, जैसे तुम्हारे बिना जी नहीं पाऊँगी! लेकिन यदि पाने की ही लालसा है तो फिर प्यार कैसा? मैं तुम्हें पाना नहीं चाहती, बल्कि तुम्हें जीना चाहती हूँ। तुम्हारे बारे में सोचकर जीवन भर तड़पना चाहती हूँ। मैं जानती हूँ, तुम मेरे हो भी जाओगे। यह जानते हुए भी कि तुम किसी और से प्यार करते हो, लेकिन यह तो सिर्फ क्षुद्र वासना ही हुई! प्यार तो नहीं हुआ! प्यार तो हृदय की गहराई के सूक्ष्म में होता है, जहाँ बगावत नहीं होती। प्यार तो अनंत है, जिसकी कोई हद नहीं होती।"

विक्रम (भाव-विभोर होकर), "काजल, शादी करोगी मुझसे! रहना चाहोगी मेरे साथ?"

"नहीं!" काजल ने कहा।

"क्यों?"

काजल ने कहा, "विक्रम, प्यार क्षणिक नहीं होता। तुम क्या सोचते हो? क्या यह जरूरी है! जो पति-पत्नी बनकर साथ में रहते हैं, उनमें प्यार होता ही हो? खैर, ये मुद्दे यहीं छोड़ो। चलो, अब चलें।"

"काजल, तुम्हारे पैसे देने हैं।"

"पागल हो। मैं तुम्हारे लिए ही तो लेकर आती थी और इंतजार करती थी कि तुम कब मुझसे पैसे के लिए कहोगे? यह कर्ज कभी नहीं उतरेगा। मैं हमेशा तुम्हारी यादों के झुरमुट में रहूँगी। जब भी तुम्हें याद आऊँगी, तुम अपने आप गुदगुदा उठोगे। इस बात का हमेशा ध्यान रखना कि 'प्यार कभी माँगता नहीं है, सिर्फ देता है।' सबकुछ उसके अपने पक्ष में होता है, फिर भी 'पक्षद्रोह' कर बैठता है। तुमसे दूर जाने को मन नहीं कर रहा है, लेकिन इससे पहले कि हमें लालच जकड़े और रोक ले, मैं चलती हूँ।"

"काजल! क्या तुम मेरे लिए नहीं रुक पाओगी? पता है, मैं जब कॉलेज आता था, सिर्फ यही सोचकर आता था, मेरी काजल तो है। प्यार का अहसास नहीं था। आज तुमने जब कहा, तब यह अहसास हुआ कि प्यार क्या होता है?

जब अपना कोई दूर जाने लगता है, तब यह अहसास, अंदर-ही-अंदर दम घोंटने का काम शुरू कर देता है। काजल, अब मैं तुम्हारे लिए पूरी दुनिया से लड़ सकता हूँ। बस, अब तुम मुझे छोड़कर मत जाओ।"

"विक्रम, रुक जाओ।" काजल ने कहा और रोते हुए वह अपनी स्कूटी पर बैठ गई।

गाड़ी स्टार्ट करके कहा, "अलविदा मेरे दोस्त! हमेशा के लिए बाय-बाय!"

विक्रम एकटक पूरे रास्ते को देखता रहा और काजल देखते-ही-देखते आँखों से ओझल हो गई।

पूरे रास्ते भर विक्रम, मन-ही-मन उदास होकर काजल के बारे में सोचता रहा। सच्चे प्यार के लिए सच्चे प्रेमियों ने कितनी कुरबानियाँ दी हैं! कोई लड़की यूँ ही राधा या मीरा तो नहीं बन जाती! प्रेम पाने के लिए उसे जीना पड़ता है, आत्मा के अंतस में उतरना पड़ता है। जो किस्से हमने पढ़े या सुने हैं, वे मजाक या हँसी-ठिठोली के लिए नहीं, बल्कि प्रेम की उस गहराई में उतरकर तैर रही महान् आत्माओं के हैं। लैला-मजनूँ, शीरी-फरहाद की घुटन महसूस करोगे तो सिहर जाओगे। नरम-सर्द हवाओं के झोंके, घुटन की सिसकारियों में तपते जेठ की लू बन जाएँगे। प्रेम कोई शरीर नहीं, आत्मा ही है। यह सब सोचते-सोचते कब घर पहुँच गया, पता ही नहीं चला। देखा तो पिताजी सामने हैं।

पिताजी की गुस्से में लाल आँखें देखकर सीधे अपने कमरे की ओर जाने लगा कि पिताजी ने चिल्लाकर कहा, "आ गओ हरामखोर, पेपर देबे गओ हतो और अबे आ रओ।" माँ की ओर इशारा करते हुए कहा, "भगाओ घर में सें ये खों। पता नईं कौन सी घड़ी में पैदा भओ हतो। शनीचर बनकें लगो हे हमें।"

विक्रम अपने पिता को अनसुना कर अपने कमरे का दरवाजा बंद करके बिस्तर पर लेट गया। पिताजी कुड़कुड़ाते रह गए हमेशा की तरह। उसके दिलो-दिमाग में काजल द्वारा कही गई एक-एक बात घूमनी शुरू हो गई।

□

भाग-7

शिवेंद्र और अमित की अच्छी पटरी खाती है, जिसके पीछे मूल कारण यह है कि शिवेंद्र ने एक बार अमित को परिवार सहित बड़ी मुसीबत से बचाया था। अमित के पिता एयरफोर्स में थे, पहली पत्नी के देहांत के बाद उन्होंने दूसरी शादी कर ली थी। पहली पत्नी से उन्हें संतान के रूप में दो लड़कियाँ हुई थीं। बड़ी लड़की का नाम रेखा और छोटी का नाम ऋतु। अमित रेखा और ऋतु की छोटी माँ का लड़का था। सौतेली माँ खराब होती है, यह बात यहाँ गलत सिद्ध हो चुकी थी, क्योंकि छोटी माँ का प्रेम, स्नेह तीनों के लिए बराबर था। मुसीबत के मूल में शादीशुदा होते हुए भी अमित की लंपटता थी। बेरोजगार इसलिए था, क्योंकि उसके पिता की तनख्वाह पूरे परिवार के अच्छे भरण-पोषण के लिए पर्याप्त थी। किसी भी खूबसूरत लड़की को देखकर वह लट्टू हो जाता था। उसकी नजर हमेशा लड़कियों और स्त्रियों के कपोलों पर रहती थी। यदि किसी लड़की या स्त्री के कपोलों की किनार दिख जाए तो उस पर कमेंट किए बगैर नहीं रहता था। इस छिछोरेपन की वजह से उसका अपनी पत्नी से आए दिन लड़ाई-झगड़ा होता रहता था। उसकी पत्नी के पिता पुलिस में हवलदार थे, लेकिन इस बात का उसे कोई भय नहीं था।

इसी आदत के चलते एक दिन उसने अपनी पत्नी को बहुत पीटा और आधी रात में घर से बाहर निकाल दिया। पत्नी ने सीधे थाने में जाकर उसकी नालिश कर दी व बैठ गई थाने में। उसके पिता यानी अमित के ससुर समझा-बुझाकर अपनी बेटी को थाने से घर ले गए और फिर बेटी को घर छोड़कर रात में ही थाने पहुँचे व पुलिस द्वारा अमित को घर से उठवा लिया। थाने में अमित को उलटा लिटाकर

कहा, “आओ दामादजी, पहले पैर पूजे, अब तनक पीठ भी पूज लयें।” फिर उसके नितंबों पर अपने हाथ से गिनती के सौ डंडे मारे थे, जिसका असर यह हुआ था कि पंद्रह दिन तक अमित ठीक से बैठ भी नहीं पाया था। इसके अलावा तलाक का समन भी घर भिजवा दिया था। दोनों बहनों ने भाई की ससुराल जाकर उनकी बहुत मान-मनौवल की तब कहीं जाकर बात बनी थी। अमित के मन में तभी से डर बैठ गया था कि अब पत्नी से कभी नहीं लड़ना। लेकिन चोर चोरी से जाए, मगर हेरा-फेरी से कैसे जाए? एक दिन अमित ने फिर एक महिला को छेड़ दिया, जिसकी शिकायत उस महिला ने अपने परिवार में कर दी। फिर क्या था? पचास-साठ लोगों का झुंड अमित को पीटने घर आ गया। शिवेंद्र उस समय अमित के घर पर ही बैठा था, वह बाहर निकला और सभी से कहा, “अमित की गलती है, उससे हम माफी मँगवाकर जिम्मेदारी से कह रहे हैं, आइंदा ऐसी गलती कभी भी नहीं होगी।” अमित ने कान पकड़कर उठक-बैठक लगाई और माफी माँगी, तब कहीं जाकर मामला शांत हुआ। अब तक अमित को शर्म से समझ आ गया था कि इन हरकतों से सिवाय अपमान के और कुछ हासिल नहीं होगा। उस दिन से शिवेंद्र और अमित की दोस्ती भी गाढ़ी हो गई थी।

शिवेंद्र ने जब विक्रम को अमित से मिलवाया था, तभी से ही तीनों की अच्छी पटरी बैठने के साथ-साथ उनकी घर और बाहर बैठकें भी होने लगी थीं। एक दिन तीनों अमित के घर के बाहर सड़क की ऊँची पट्टी पर बैठे हुए थे, उसी समय डीके सड़क से गुजरा और विक्रम को देखकर रुक गया। “अरे यार, यहाँ बैठे हो। मैं आज तुम्हारे घर भी गया था। माँ ने बताया कि तुम कहीं निकल गए हो।” विक्रम उसे डीके का परिचय देने ही वाला था कि शिवेंद्र ने बताया, “मैं और डीके स्कूल में साथ पढ़े हैं। पहले डीके हर रोज घर आता था, लेकिन अब घर आना कम हो गया।” इसके बाद डीके ने विक्रम से कहा, “चलो मार्केट घूमकर आते हैं।” अमित और शिवेंद्र से विदा लेते हुए विक्रम ने कहा, “कल शाम को मिलते हैं।”

डीके के पीछेवाली सीट पर विक्रम बैठा और दोनों मार्केट पहुँच गए। डीके ने कहा, “एक-एक चाय हो जाए?”

“हाँ-हाँ, क्यों नहीं।”

चाय की दुकान पर रुककर दो चाय का ऑर्डर देते हुए डीके ने कहा, "अरे यार, तुम्हारी बैठक शिवेंद्र के यहाँ है। बताया नहीं तुमने?"

"हाँ। हम लोग हर रोज शाम को बैठते हैं।"

(डीके ने पासा फेंका) "जहाँ तुम बैठे थे, उसके सामनेवाले घर में दो लड़कियाँ हैं, जिनमें से एक को मैं बहुत चाहता हूँ। यदि वह आज हाँ कह दे तो अपने घरवालों को आज ही बताकर शादी कर लूँ।"

डीके का परिवार मध्यमवर्गीय संपन्न परिवारों में से था, लेकिन विक्रम का परिवार उतना संपन्न नहीं था। ज्यों ही डीके ने एक लड़की को चाहनेवाली बात कही तो विक्रम का चेहरा फीका पड़ गया। उसने पूछा, "किसे चाहते हो?"

"विक्रम भाई, यह राज की बात है, जो मैं नहीं बताऊँगा।"

"क्यों? ऐसा कौन सा राज है, जो बता नहीं सकते?"

"पहले तुम बताओ? तुम किसके पीछे पड़े हो?"

"मतलब। मैं क्यों किसी के पीछे पड़ूँगा?"

"देखो यार, हमसे मत छुपाओ। हमें सब पता है। तुम वहाँ क्यों हर रोज जाकर बैठते हो। यदि बता दोगे तो मैं तुम्हारी मदद भी कर सकूँगा।"

"इश्क-मोहब्बत में यदि कोई मदद की बात कह दे तो आशिक की मानसिक स्थिति ठीक वैसे ही हो जाती है, जैसे गली के आवारा कुत्ते को यदि आप बिस्कुट खिला दें तो वह पूँछ हिलाते-हिलाते हुए आपको घर तक छोड़ने आ जाए," विक्रम नरम होकर, "अच्छा, ऐसी बात है तो सुनो, मैं ऋतु को बहुत पसंद करता हूँ।"

"छोटी बहन! ग्रेट, अब आया ऊँट पहाड़ के नीचे।"

"अब तुम बताओ, किसके बारे में कह रहे थे?"

"बेटा, मैं किसी के बारे में नहीं कह रहा था, क्योंकि वे दोनों व्यवहार में कड़क हैं। हाँ, यह बात और है कि रेखा मुझे पसंद है। वैसे तुम्हें यह पता चल ही गया होगा कि ऋतु एक बैडमिंटन प्लेयर भी है।"

डीके ने ऋतु के बारे में इतनी सारी बातें बता दीं, जो विक्रम अब तक नहीं जान पाया था।

विक्रम ने कहा, "फिर क्या किया जाए? उससे कैसे मेरी बात होगी?"

"इंप्रेशन की बात है प्यारे! कुछ ऐसा क्रिएटिव काम, जिससे नाम और पैसा दोनों मिल सकें और ऋतु के सामने एक अच्छी इमेज तैयार हो सके।"

"हाँ यार, बहुत दिनों से मैं भी यही सोच रहा हूँ। ऐसा क्या किया जाए?"

"देख, मेरे पास एक आइडिया है। क्या तुझे यह जानकारी है कि यह जमाना किस चीज का चल रहा है?"

"हाँ। युवाओं में चमक-दमक और मॉडलिंग की होड़ लगी है।"

"तो सोच विक्रम, बिना जेब से कुछ लगाए ऐसा क्या कर सकता है, जिससे हींग लगे न फिटकरी और रंग चोखा हो जाए?"

"एक आइडिया है। हम लोग एक मैगजीन पब्लिश करते हैं, जो विचार, मॉडलिंग व विज्ञापन प्रधान होगी। मुझे लगता है कि आज की परिस्थिति के अनुसार यही एक कदम है, जिससे हमें सबकुछ मिल सकता है।"

"हम लोग आज ही से काम पर लग जाते हैं।"

देखते-ही-देखते मैगजीन पब्लिश हो गई, जिससे दोनों को अच्छी आमदनी हुई। साथ ही अधिकारियों, नेताओं, उद्योगपतियों के बीच पैठ के साथ वजनदारी भी बन गई। इस सक्रिय कार्य की वजह से डीके का भी ऋतु के घर आना-जाना हो गया। एक दिन दोपहर के समय शिवेंद्र अपनी साइकिल से विक्रम के घर पहुँचा और उसने बताया कि ऋतु अभी मार्केट के लिए अकेली जा रही है।

विक्रम लंबे समय से इसी ताक में था कि सिर्फ एक मौका मिल जाए, ताकि मैं अपने दिल की बात ऋतु से कह सकूँ और आज वही मौका है। जल्दी तैयार होकर साइकिल से मार्केट की ओर निकल गया। ऋतु रास्ते में ही जाती हुई दिख गई। उसने अपनी साइकिल टिकाई और लंबे कदमों से ऋतु के पास पहुँच गया। डरते हुए हिम्मत बाँधकर कहा, "ऋतु! सुनो, मैं तुमसे कुछ कहना चाहता हूँ।"

उसने अपनी बड़ी-बड़ी आँखों से गुस्से में देखते हुए कहा, "बोलिए।"

वह कँपकँपाती आवाज में बोला, "मैं तुम्हें बहुत समय से चाहता हूँ।"

"दोबारा मेरा कभी भी पीछा मत करना, न ही अब सामने आना, वरना मुझसे बुरा कोई नहीं होगा।" ऋतु ने तमककर कहा।

विक्रम के कदम वहीं रुक गए और वह मन-ही-मन कहने लगा, 'शायद

इतने सालों से मैं ही गलत था, अब कभी भी न तो ऋतु के घर जाऊँगा और न ही उससे कभी मिलूँगा।'

विक्रम जब लौटकर अपने घर पहुँचा तो उसने देखा कि छोटू का सेठ घर पर आया है। जैसे ही उसने विक्रम को देखा तो अपनी जगह से खड़ा हो गया और कहा, "मैं आप ही से मिलने आया था, लेकिन आप नहीं थे तो माँ ने बिठा लिया। हालाँकि उम्मीद नहीं थी कि आपसे मुलाकात हो सकेगी, लेकिन मेरा यह सौभाग्य है कि आपसे मुलाकात हो गई। अपनी कुछ बात हुई थी। उस बारे में आपने कुछ सोचा?"

"नहीं। कॉलेज के पेपर चल रहे थे, इसलिए सोचने का समय नहीं मिला। अब देखता हूँ, दो-चार दिन बाद आपको बताऊँगा।"

"जी, ठीक है भाईसाहब!" कहकर छोटू का सेठ चला गया।

विक्रम बहुत गुस्से में था, इसलिए उसने अपनी माँ से कहा, "माँ, मैं डीके के घर जा रहा हूँ। इस बीच यदि डीके आ जाए तो बोल देना तुम्हारे ही घर गए हैं।"

"हओ बोल देंहें।" माँ ने आराम से कहा।

रास्ते भर विक्रम के कानों में ऋतु की बात गूँजती रही। डीके अपने घर से बाहर निकल ही रहा था कि विक्रम उसके घर पहुँच गया। डीके बड़े प्यार से उसे अपने घर की बैठक में ले गया, जहाँ उसकी माँ बैठी थी।

"और कैसे हो, बेटा?" डीके की माँ ने पूछा।

"मैं ठीक हूँ, मम्मी!"

"बेटा, तुम्हारा छोटा भाई तो मेडिकल पर कार्य करता है। है न?"

"हाँ, मम्मी!"

"वह तो दवाइयों के मामले में बहुत होशियार हो गया होगा?"

"हाँ मम्मी, वह बिल्कुल ट्रेंड हो गया है।"

"तुम उसे अपना मेडिकल स्टोर क्यों नहीं खुलवा देते, फिर देखना चमत्कार। अपना खुद का रोजगार-धंधा हो तो मजा आता है। पैसे-धेलों की यदि दिक्कत हो तो मैं दे दूँगी।"

"हाँ यार, विक्रम! खुलवा दो। टेंशन फ्री हो जाओगे।" डीके बोला।

विक्रम ने कहा, "ठीक है। कल से ही प्रोसेस शुरू कर देता हूँ।"

डीके ने कहा, "मुझे कल दीदी के यहाँ देहली निकलना है, लगभग पंद्रह दिनों में लौटूँगा, तब तक लाइसेंस की प्रक्रिया पूरी कर लेना।"

"मैं तुम लोगों के लिए चाय बनाकर लाती हूँ," ऐसा कहकर डीके की माँ किचन में चली गई।

"आज कैसे भूले-भटके इस तरफ निकल आए?" डीके ने हँसकर कहा।

"आज यार दिमाग ज्यादा ही खराब था।" पूरा वाकया सुनाते हुए विक्रम ने कहा।

"मुझे पता था, ऐसा ही होगा। खैर, छोड़ो यार, कहाँ फँसे हो चक्करों में, जहाँ से पैसा आए, वहाँ की सोचो।"

"हाँ, अब आज से सब छोड़ दिया।"

"हम लोग पंद्रह दिन बाद मिलते हैं। अच्छा काम-धंधा देखो, सो ही सार है, बाकी सब बेकार है।"

चाय की चुस्कियाँ लेते हुए विक्रम ने कहा, "मम्मी, कल से ही आपकी आज्ञा का पालन होगा।" कहकर विक्रम अपने घर चला गया।

□

भाग-8

विक्रम रात भर यह सोचता रहा कि दिल और स्वाभिमान एक साँचे में जीवित नहीं रह सकते। यदि दिल की सुननी है तो दुनिया को एक कोने में रखना पड़ेगा। क्योंकि दुनिया दिल की नहीं, दिमाग की मानती है। जहाँ सिक्का सिर्फ दिमागवालों का चलता है, दिल से जीनेवालों को दुनिया नकार देती है। काम दिल लगाकर किया जा सकता है, दिल को दिल से लगाकर काम करना कठिन ही नहीं, दुष्कर भी है; गालिब की शायरी यहाँ बिल्कुल फिट बैठती है—'इश्क ने गालिब निकम्मा कर दिया, वरना हम आदमी थे काम के।' अब मुझे ऋतु को दिखाना है कि यदि सच्चे दिल से कोई किसी को चाहता है तो वह मामूली तो नहीं हो सकता। सुबह जल्दी उठकर छोटू को जगाते हुए, "आज मैं तुम्हारे सेठ से मिलने आऊँगा, कह देना उनसे।"

छोटू ने कहा, "बड्डे, कोई भी कदम उठावें सें पेलें सोच लियो। काये सें हम जानत है, हमाये सेठ खों, वे कोई भी काम बिना स्वार्थ के कबऊँ नै करत। ये सबके पीछे, जरूर कौनों षड्यंत्र जरूर हुइए। वैसें भी ओ कि कोनऊ खुन्नस ड्रग ऑफिसर सें चल रई है! कछु पता नईं चलत है और मंतक-मंतक खेल कर देत है, जोन सें ओ कि लड़ाई होत है, वो ओसें भी स्वार्थ चक्कर में दोस्ती और सौदा भी कर लेत है।"

"जो भी हो, सो देखेंगे। कल डीके की मम्मी भी कह रई थी कि लाइसेंस बनवा लो, मेडिकल स्टोर खोलने के लिए वे भी कुछ मदद कर देंगी।"

"डीके के बड़े भैया और हमाये सेठजी की दाँत काटी रोटी है। वे एक-दूसरे के घरे, आत-जात रेत हैं, हमें ऐसों लग रओ है कि जैसे ओई डीके के

घरवालों खों भी सेट कर लओ होये।" ऐसा छोटू ने कहा।

"छोड़ो, फिजूल की बातें, हम देख लें है। अपन अपनों काम तो करो। और तुम चिंता ने करो, दिमाग में अबे भुसा नईं भरो, चलो हम साढ़े दस बजें आ रये।"

"ठीक है बड्डे, मगर हमाई बात खों गहराई सें सोचियो।"

सुबह का समय कब निकल जाता है, पता भी नहीं चलता। दस बजे जैसे ही विक्रम घर से निकला कि शिवेंद्र और अमित घर के बाहर ही स्कूटर पर आ गए।

शिवेंद्र ने पूछा, "क्या बात है यार, कल शाम को आए नहीं?"

"हाँ यार, थोड़ा व्यस्त हो गया था।" विक्रम ने कहा।

"सर, हम लोग सोच रहे थे, कुछ गड़बड़ तो नहीं है, क्योंकि कभी ऐसा नहीं हुआ है, जब हम लोगों की शाम एक साथ न गुजरी हो और फिर ऋतु भी आपके बारे में पूछ रही थी।" ऐसा अमित ने कहा।

"क्या काम है, यह नहीं बताया?"

"पता नहीं, कोई कॉलेज का काम होगा। शाम को आप पूछ लीजिएगा। अभी कहाँ जा रहे हैं?"

"दरअसल मैं सोच रहा हूँ कि छोटू को मेडिकल स्टोर खुलवा दूँ। उसकी प्रक्रिया जानने के लिए उसके सेठ से मिलने जा रहा था।"

"चलो, साथ चलते हैं, हम लोगों की भी इस शुभ काम में भागीदारी हो जाएगी।" शिवेंद्र ने कहा।

"हाँ, ठीक है।"

तीनों साथ में मेडिकल स्टोर पहुँच गए। तब छोटू का सेठ कहने लगा, "कोई विशेष प्रक्रिया नहीं है, दस मिनट का काम है, सिर्फ किरायानामा और दो सामान्य रसीदें एक फाइल में रखकर सामान्य आवेदन देना है। कुछ दिन में लाइसेंस मिल जाएगा। आप कब आवेदन करोगे?"

"अभी कोई प्लान नहीं है, जिस दिन करूँगा, आपसे पूछकर करूँगा, ठीक है सेठजी, फिर मुलाकात होती है।" साथ ही विक्रम ने शिवेंद्र और अमित से कहा, "चलो, चलते हैं।"

वहाँ से तीनों शिवेंद्र के घर चले जाते हैं।

"अब आगे का क्या करना है?" शिवेंद्र विक्रम से पूछता है।

"अभी दो घंटे बाद घर से लौटकर आता हूँ, चलो लाइसेंस के लिए आवेदन कर आते हैं।"

"हाँ, चलो।"

तभी अमित कहने लगा, "मैं भी चलूँगा, घर पर फ्री हूँ, प्रोसेस तो समझ आ ही जाएगा।"

"हाँ, चलो तीनों ही चलते हैं। अभी मैं जा रहा हूँ, फॉर्मेल्टी पूरी करके दो बजे आऊँगा।"

"मैं घर छोड़ दूँ?" अमित ने कहा।

"नहीं, मैं निकल जाऊँगा।" विक्रम ऐसा कहकर अपने घर चला गया।

रास्ते में चलते समय उसे अमित की बात याद आई कि ऋतु से शाम को मिलना है। दिमागी उथल-पुथल शुरू हो गई। शायद ऋतु को कल का खुद व्यवहार खराब लगा होगा। उसे भी मेरी तरह रात भर नींद नहीं आई होगी। आज शाम के बाद ऋतु से हर रोज मुलाकात होगी। वह सुबह से खुद मेरा इंतजार कर रही होगी, मैं कब उसके घर पहुँचूँ, ताकि वह मुझसे अपने दिल की बात कह सके। चलते-चलते घर पास आ गया था। दूर से देखा तो पहले से ही पिताजी घर के बाहर बैठकर तलवार की धार को और तेज कर रहे थे। पिछले दरवाजे से अपने कमरे में पहुँचकर सिर्फ ऋतु के खयालों में ऐसा खोया कि पता भी नहीं चला, दोपहर के दो कैसे बज गए? अचानक उसे याद आया कि शिवेंद्र और अमित मेरा इंतजार कर रहे होंगे। फटाफट लाइसेंस के लिए फाइल तैयार की और शिवेंद्र के घर पहुँच गया, जहाँ शिवेंद्र और अमित पहले से ही इंतजार कर रहे थे।

"क्या यार, तीन यहीं बजा दिए। एक घंटे से इंतजार कर रहे हैं हम लोग।" शिवेंद्र ने कहा।

"हाँ यार, लेट हो गया। चलो, जल्दी चलते हैं।"

तीनों ड्रग ऑफिस पहुँचे। बाहर बैठे प्यून से विक्रम ने पूछा, "यह लाइसेंस के लिए फाइल कहाँ जमा करनी है?"

"आप अंदर चले जाइए" और हाथ के इशारे से बताते हुए, "इसी लाइन के पहले रूम में बैठे दीक्षित बाबू से बात कर लीजिए।"

ऑफिस के अंदर तीनों एक साथ पहुँचकर देखते हैं, तीन अलग-अलग टेबल पर लोग काम कर रहे हैं। इससे पहले कि विक्रम किसी से कुछ पूछता, अमित ने पहली टेबल पर बैठे बाबू से पूछा, "सर, दीक्षित सर से मिलना है, कहाँ मिलेंगे? उसने सामने की तरफ हाथ में लिये पेन से इशारा करते हुए कहा, "वो बैठे हैं।" दीक्षित बाबू के पास पहुँचकर विक्रम ने फाइल देते हुए कहा, "सर, यह मेरा लाइसेंस बनना है।"

"नया केस आया है बाबूजी!" दीक्षित ने सामने बैठे बाबू से कहा।

"साहब के पास भेज दो, अंदर।" सामनेवाले बाबू ने कहा।

"सामने केबिन में साहब बैठे हुए हैं, आप अंदर जाकर उन्हें ही यह फाइल दे दें।"

केबिन के बाहर से विक्रम, "मे आई कम इन सर।"

"आ जाइए।" अंदर बैठे साहब ने कहा।

शिवेंद्र और अमित भी केबिन में साथ ही चले जाते हैं।

"साहब, यह मेरी फाइल है, मुझे लाइसेंस बनवाना है।" विक्रम ने कहा।

"किसने भेजा है आपको?" विक्रम की फाइल देखते हुए साहब ने पूछा।

"साहब, बाहर दीक्षित बाबूजी ने भेजा है, उन्होंने कहा कि आपके पास फाइल जमा कर दूँ।" विक्रम ने जवाब दिया।

साहब ने तीनों की तरफ, एक निगाह में, नीचे से ऊपर तक देखते हुए गुस्से में फाइल फेंकी तो विक्रम की कमर से लगकर नीचे गिर गई, और कहा, "भटा-भाजी समझ रखा है लाइसेंस को, मुँह उठाया और चले आए, लाइसेंस दे दो, मजाक बना रखा है सिस्टम को, चलो भागो यहाँ से, यहाँ कोई लाइसेंस नहीं बनता।"

"साहब, लाइसेंस नहीं बनाना है तो मत बनाएँ, लेकिन किसी को बेइज्जत करने का अधिकार आपको किसने दे दिया।" विक्रम ने गुस्से में कहा।

"यह अधिकार-वधिकार मुझे मत सिखाओ, शासकीय कार्य में बाधा डालने के जुर्म में अभी अंदर करवा दूँगा तो पूरा कॅरियर खराब हो जाएगा, अब निकल जाओ यहाँ से, वरना तीनों को उठवाकर बाहर फिंकवा दूँगा।" गुस्से से भरी तेज आवाज में साहब ने कहा।

"विक्रम, तुम्हें मेरी कसम है, यदि एक सेकंड भी यहाँ रुके तो, चलो यहाँ से।" शिवेंद्र ने केबिन से बाहर की तरफ विक्रम का हाथ खींचते हुए कहा।

विक्रम साहब की तरफ गुस्से में देख रहा था और केबिन का दरवाजा लगते-लगते साहब विक्रम को आँखें दिखा रहे थे।

तीनों जब केबिन के बाहर आए, तब सभी बाबूओं के चेहरे पर कुटिल बनावटी अफसोस स्पष्ट दिखाई दे रहा था। तभी विक्रम ने कहा, "मैं इसे नहीं छोड़ूँगा।"

ऑफिस से बाहर निकलते ही प्यून ने पूछा, "भाईसाहब! हो गया आप लोगों का काम?"

"हाँ, हो गया।" शिवेंद्र ने कहा।

स्कूटर पर बैठकर तीनों घर की ओर जा रहे थे, लेकिन कोई किसी से कुछ भी नहीं बोल रहा था। तीनों बिल्कुल शांत थे। तभी मार्केट आने पर शिवेंद्र ने कहा, "रुको यार, हम लोग भाऊ की चाय पीकर चलते हैं।" अमित ने गाड़ी रोकी। तीनों उतर गए, "भाऊ तीन कड़क चाय बनाकर लाओ।" शिवेंद्र ने देखा कि विक्रम का चेहरा गुस्से की आग मेंं लाल हो गया है। शिवेंद्र ने कहा, "गुस्सा थूको यार, जो हुआ सो हुआ, अधिकारी बहुत कमीना आदमी है, उसके बारे ने क्या सोचना?"

"सच कहा शिवेंद्रजी, ये अधिकारी बहुत बड़ेवाले...होते हैं।" विक्रम गुस्से को पचाते हुए कुछ बोलने ही वाला था, तभी भाऊ चाय लेकर आ गया।

"लो भाईसाहब, आप लोगों की चाय।"

चाय की चुस्की लेते हुए अमित ने कहा, "जो भी हो यार, आज कुछ ज्यादा ही बेइज्जती हो गई। मेरी होती तो चल जाता, लेकिन विक्रम भाई की बेइज्जती बर्दाश्त नहीं हुई। यदि एक मिनट और रुक जाते, तो साहब को सबक सिखा देते। पूरा ऑफिस कैसे देख रहा था? इतना अपमान सहन नहीं हो रहा है। खैर, छोड़ो जो हुआ, सो हुआ। चलो चलते हैं।"

तीनों शिवेंद्र के घर पहुँचे, जैसे ही शिवेंद्र और विक्रम गाड़ी से उतरे तो अमित बिना बोले ही एक्सीलेटर दबाकर अपने घर निकल गया।

"यार, आज तो ऐसा लग रहा है कि क्या कर डालें?" शिवेंद्र बोला।

“यह सच है, क्रोध हजम कर पाना बहुत कठिन है। लेकिन यह मेरी जिंदगी का पहला वाकया है और शायद आखिरी भी। इसलिए यह क्रोध मुझे यहाँ पी लेना चाहिए।” विक्रम ने रूखे चेहरे से कहा।

“हाँ, सच कहा, अभी जिंदगी बहुत बड़ी है और हम लोगों को बहुत बड़े-बड़े काम करने हैं। छोटी-मोटी बात है, इससे भी कुछ-न-कुछ सीखने को ही मिला है।” शिवेंद्र ने कहा।

“ठीक है शिवेंद्र, आज थकान हो गई है, घर जाकर सोऊँगा।”

शिवेंद्र ने कहा, “अभी घंटे भर बाद आओ, ऋतु भी तो कल पूछ रही थी। फालतू की बातें मत सोचना, अमित को मैं समझा दूँगा। वैसे भी वह आधा पागल है। उसके बारे में क्या सोचना।”

“अच्छा शिवेंद्र, कल मिलते हैं, अभी तो कुछ ज्यादा ही मूड ऑफ है। सो आने का सवाल ही पैदा नहीं होता, लेकिन कल आकर बात करता हूँ।”

□

भाग-9

विक्रम रात भर यही सोचता रहा कि ऐसा क्या कर डालूँ, जिससे मेरा स्वाभिमान बना रह सके। अपमान का घूँट आसानी से हजम नहीं होता, ऐसी कोई दवा भी नहीं बनी, जिसे खाकर आसानी से भुलाया जा सके। फिर जिसमें जीवन-प्रत्याशा अत्यधिक होती है, उनका स्वाभिमान अपने अपमान को हमेशा जीवित रखता है। जब कोई भीख माँगता है, तब उसका इज्जत और शर्म से कोई लेना-देना नहीं होता। क्योंकि उसमें जीवन-प्रत्याशा नहीं होती। ये कुरसियों पर जमे बड़े-बड़े अधिकारी समझते हैं, एक आम इनसान किसी भिखारी से कम नहीं होता। मध्यमवर्गीय का कोई महत्त्व नहीं। कौन कहता है, सरकारें और सिस्टम··· मध्यमवर्गीय और गरीबों के लिए होते हैं? ये बनती इनकी वजह से हैं, लेकिन चलती सिर्फ अमीरों के लिए हैं। ये सरकारें और सिस्टम गरीबों के लिए बड़ी-बड़ी योजनाओं के प्रपंच रचते हैं, फिर उसकी आड़ में अपने मनपसंद झाड़ काटते हैं। ठीक इसी तरह, योग्यता सड़कों पर चलते-चलते खत्म हो जाती है और अयोग्य दूध-मलाई चाँपते रहते हैं। इन्हें लगता है कि गरीब मध्यमवर्गीय लोग पिसते रहेंगे और कुछ भी नहीं कहेंगे, लेकिन भूल जाते हैं कि जिस दिन ये जाग गए, उस दिन इन्हें भागने के लिए यह जमीन छोटी पड़ जाएगी। यह वाक्या जब अमित ने अपने घर में सुनाया होगा तो ऋतु क्या सोचती होगी, यह अमित जो इतना सम्मान देता था, बिना बोले ही चला गया। अब क्या मुँह लेकर इनसे मिलने जाऊँ? एक अपमानित इनसान का क्या वजूद, क्या वर्चस्व? क्या सम्मान रह गया मेरा? मैं उस अधिकारी को नहीं छोड़ूँगा, अब चाहे मुझे कोई भी कीमत क्यों न चुकानी पड़े।

इसे पागलपन कहें या जुनून, जब कोई आग सीने में भभकनी शुरू होती

है तो सिर्फ खुद को नहीं, बल्कि पूरे समाज को जलाती है। आँखों-आँखों में कब रात निकल गई, पता ही नहीं चला। सुबह होते ही विक्रम अपनी साइकिल उठाकर सीधा ड्रग ऑफिस पहुँच गया। और तीन घंटे तक ऑफिस के इर्द-गिर्द घूमकर ऑफिस की सीढ़ियों पर बैठकर इंतजार करने लगा ऑफिस के खुलने का। साढ़े नौ बजे प्यून आया। जैसे-जैसे उसने ताला खोला, वैसे ही विक्रम ने कहा, "कैसे हो राजा बाबू?"

प्यून ने कहा, "अरे भाईसाहब, राम-राम, हम काये के राजा बाबू, आप औरों के सेवक हैं। इतनी जल्दी आ गए आप? कल आपको काम नै बनो का?"

"अरे बन जेहे यार, जब तुमोरों हरें इते हो तो, हमें काये की चिंता, आपको नाम का है?"

"भाईसाहब, हमाओ नाम सेवकराम है।"

"सेवकराम, कल का भयो, जल्दी-जल्दी में हम तुमाई सेवा करवो भूल गए हते।"

"अरे भाईसाहब, इत्ते के लाने, काये खों परेशान होत रये?"

"नहीं सेवकराम, इसमें क्या परेशानी, तुम भी तो हमारे जैसे हो, यह सौ रुपए रख लो, तुम्हारा चाय-पानी।"

"अरे भाईसाहब, जब से नौकरी की शुरुआत करी है, पहली बार कौनों ने सौ रुपैया दये हैं हमें। आपके लाने आधी रात में जान हाजिर है हमाई।"

"सेवकराम, तुम हमें सेवाएँ देत रयो, हम तुम्हें हमेशा खुश करते रहेंगे।"

"अरे भाईसाहब, आधी रात में आजमा लियो, आपके लाइसेंस को का भयो?"

"देखो सेवकराम, हम सिर्फ तुमसे मिलवे आए ते, तुम मिल गए तो लाइसेंस भी कहाँ भगो जा रओ? अच्छा अबे निकल रये हम, फिर मिल हैं।"

"भाईसाहब, बड़े साहब सें कछु केने का?"

"अबे नईं, जब जरूरत पड़ है, तब हम बतेहें।"

"जी भाईसाहब, कबौं भी, आप केंसऊ आजमा लियो हमें।"

"अच्छा सेवकराम, फिर मिलत हैं।" इतना कहकर विक्रम ने बाबुओं और अधिकारियों के आने से पहले ही ऑफिस छोड़ दिया।

दो दिन बाद सुबह, ड्रग ऑफिस खुलने से पहले ही विक्रम फिर ऑफिस पहुँच गया। जैसे ही प्यून आया तो विक्रम ने कहा, "राम-राम सेवकराम, कैसे हो?"

"अरे भाईसाहब, आज फिर आज फिर सबेरें-सबेरें।"

"हाँ सेवकराम, यहाँ से घूमते हुए गुजर रहा था, सोचा तुमसे मिलता चलूँ। मैंने कहा था, तुम्हें हमेशा खुश करता रहूँगा," सौ रुपए जेब से निकालकर सेवकराम के हाथ पर रखते हुए विक्रम ने कहा।

"सेवकराम, अबकी बार विक्रम के पैर छूते हुए, भाई साहब आपके कौनों काम तो आ जाएँ। तब बात बन है।"

"अभी हम निकल रहे हैं सेवकराम, तुमसें फिर मिल हैं।"

"भाईसाहब, हमें काम तो बता दो?"

"अबे कोनऊँ काम नैयाँ, जब जरूरत हुइए, सो जरूर बता हैं।" इतना कहकर विक्रम ऑफिस से फिर चला जाता है।

ठीक दो दिन बाद फिर वही प्रक्रिया होती है। सेवकराम ऑफिस पहुँचता है, जहाँ पहले से ही विक्रम उसके इंतजार में खड़ा है :

"राम-राम सेवकराम, क्या हाल हैं भाई?"

सेवकराम (विक्रम के पैर छूते हुए), "आपका आशीर्वाद है, भाईसाहब!"

विक्रम सौ रुपए निकालकर सेवकराम की जेब में जैसे ही रखता है, वैसे ही सेवकराम कहता है, "भाईसाहब, आज हम आपके पैसा नै ले पे हैं।"

"काये?" विक्रम ने पूछा।

"भाईसाहब, हम इतने बड़े हरामखोर नैयाँ कि आपखों लूटत रयें और कौनों काम ने आ पाएँ। पेलें आप हमें काम बताओ, जब वो कर देहें, तबई आपके पैसा छू हें।"

"अरे यार सेवकराम, तुम तो इतने में टूट गए, बता देहें तुम्हें, जब काम हुइए, चिंता ने करो।"

"नै भाईसाहब, अब हम आपके पैसा लेहेंई ने, चाये कछु हो जाए, पैलें काम बताओ, फिरै लेहें।"

"अच्छा ठीक है, जा बताओ, हमें लाइसेंस बनवावे में कितनों खर्चा आहे।"

"भाईसाहब, वो तो सबखों खुआने पर है, लगभग दो लाख रुपैया लग जैहें।"

"अच्छा, मगर सरकारी तो कौनों फीस नैयाँ।"

"भाईसाहब, सरकारी नाम की नैयाँ, काम की तो मंत्रीजी तक खों तिमाही जात है।"

"अरे गजब, मंत्रीजी भी खात हैं।"

"पैसा कौनखों बुरये लगत है भाईसाहब, सबै खों चाने, जहाँ सें आए सो ले आओ।"

"जा भी सई बात है, पैसा कौन खों बुरये लगत है, खैर अब तुम जे रखो, हम चल रये हैं।"

"नै भाईसाहब, जब तक काम ने बता हो, तब तक अब हम पैसा ने लेंहें।"

"अरे सेवकराम, तुमने तो जिद पकड़ लई, एक काम करो, अंदर बाबुओं सें पूछियो के ओ दिना जो तीन जने आए थे, उनको का हो गयो तो? हमाई तारीफ कर दियो, फिर उन सबकी, जो सेवा बन है, सो कर दें हें।"

"हओ, भाईसाहब, इतनो तो हम आजई कर लेंहें।"

"अब तुमें काम बता दओ, रखो जे पैसा, हम परसों फिर आहें।"

"जी भाईसाहब!"

विक्रम साइकिल उठाकर ऑफिस से चला जाता है और दो दिन बाद जब विक्रम ऑफिस पहुँचता है, तब इस बार फिर सेवकराम इंतजार करता हुआ मिलता है।

"आओ भाईसाहब, हम आपकोई इंतजार कर रहे थे।"

"फिर मेरे काम का क्या हुआ, सेवकराम?"

"भाईसाहब, साहब ने आपके साथ दुर्व्यवहार करो हतो?"

"सेवकराम, जब आपखों काम करवाने पड़त है, तब ऐसों व्यवहार अधिकारी आपकी औकात जानवे के लाने करत है, वे जा जानवो चाहत है, के जे कछु कर पेहें के नै?"

"समझ गए। फिर तुमने हमाये बारे में बाबुओ सें का कई ती?"

"बुरई नें मानियों भाईसाहब, जेंसई आपकी चर्चा करी सो कालू बाबू केंन लगे, अरे यार वो मुरगा आए, जो तो पतई नै चलो, नै तो मैनेज कर लेते।"

"अच्छा, जा के रये ते, खैर कोई बात नै, हमें तो अपनों काम करवाने हैं, तुम जा बताओ, पैसा तो सब ले लेहें हैं।"

"अरे भाईसाहब, सब खाऊखोर आएँ, जितनों लूट सकत है, लूट हेंई।"

"अच्छा बड़े साहब कितने बजे आत हैं?"

"अगर कोंनऊ काम ने भओ तो एक बजे, हालाँकि वे एकई बजे आत हैं। मगर कोंनऊ काम निकर आओ तो पूरे साढ़े दस बजे सोई आ जात हैं।"

"अच्छा और बाबू हरें कितने बजे आ जात हैं?"

"ग्यारह बजे तक सब आ जात हैं।"

"फिर सेवकराम, तुम एक काम करो," जेब में सौ रुपए रखते हुए, "बाबू हरों से कईओ हमने मुरगा सेट कर लओ है, परसों ग्यारा बजे मिलवा हैं। ठीक है?"

"अरे भाईसाहब, अब रेन तो दो, काम तो हो जान दो आपको।"

"सेवकराम, जोन दिना हमाओ काम हो जे हे, ओ दिना, हम तुमें ऐसो खुश कर हैं, के तुम भी याद रख हो।"

"अरे भाईसाहब, फिर तो हम खुद आपसें ले लेंहें।"

"ठीक है तो परसों मिल रये।" इतना कहकर विक्रम ऑफिस चला आता है। और रास्ते में सोचता है, 'ये हैं देश के शरीफ लोग।'

लगातार चल रही इस प्रक्रिया में जब दो दिन बाद ठीक ग्यारह बजे विक्रम ऑफिस पहुँचता है, तब सेवकराम बहुत खुश होता है।

"क्या हाल हैं सेवकराम, राम-राम।"

सेवकराम पैर छूते हुए, "भाईसाहब, हम सोच रये ते, ऐसों ने होए के आप आज ने आओ, तो हमाई बेइज्जती हो जे हे।"

"क्या बात करते हो सेवकराम, तुमसे हमाई कौनों बात छुपी थोड़ी है। जब कई ती सो हर हाल में आते। हमाई फिल्म तो अच्छे सें जमा दई के नै?"

"अरे भाईसाहब, तीनई बाबू आपसें मिलवे तड़प रये हैं।"

"चलो तो उनकी वी तड़प दूर कर दयें।"

सेवकराम ऑफिस के अंदर विक्रम को ले जाकर कालू बाबू, दीक्षित बाबू, और यादव बाबू से मिलवाकर विक्रम का भी परिचय देते हुए कहता है, "बाबूजी, आप हमाये भाईसाहब··· हरों सें बात करो, हम बाहर बैठे हैं।"

"ठीक है सेवकराम, तुम बाहर बैठो, हम लोग विक्रमजी से बात करते हैं।" दीक्षित बाबू ने कहा।

"जी बाबूजी।" ऐसा कहकर सेवकराम बाहर चला गया।

कालू बाबू बोले, "विक्रमजी, आप उसी दिन बता देते तो इतना झमेला ही न होता।"

"बाबूजी, आप लोगों ने उस दिन जान-पहचान का मौका ही कहाँ दिया था।"

"हाँ, यह सही कह रहे हैं आप। दरअसल यहाँ सभी अपने-अपने पहचान के लोगों को ही भेजते हैं और आप बिना सोर्स के ही आ गए थे, इसलिए गड़बड़ हो गई, चलो कोई बात नहीं, आपका काम हो जाएगा।" दीक्षित बाबू ने कहा।

"सही है बाबूजी, हमें अपने काम से मतलब है, वह होना चाहिए। क्या कहते हैं यादवजी?" विक्रम ने पूछा।

"और क्या, अब आप चिंता न करें, हम लोगों को जैसे ही सेवकराम ने बताया, वैसे ही हम सभी को बुरा लगा था कि अच्छे आदमी के साथ ऐसा नहीं होना चाहिए, खैर, अब आपको शिकायत नहीं मिलेगी।"

विक्रम ने तीन हजार रुपए अपनी जेब से निकाले और हजार-हजार तीनों टेबल पर रखते हुए दीक्षित बाबू से पूछा, "प्रक्रिया में क्या-क्या लगना है, उसकी एक स्लिप बनाकर दे दो, परसों हम फिर से फाइल तैयार कर लाएँगे।"

दीक्षित ने एक स्लिप थमाते हुए कहा, "परसों आप फाइल तैयार करके ले आइए, कोई कमी रह जाएगी तो फिर पूरी कर लेंगे।"

इस पर विक्रम ने कहा, "बाबूजी, सारी कमियाँ एक ही बार में पूरी होनी चाहिए।"

"आप फाइल तैयार करके तो लाइए।"

"जी बाबूजी, परसों मिलता हूँ।"

ऑफिस से बाहर आते ही सौ रुपए सेवकराम की जेब में रखते हुए, "सेवकराम, तुम धीरे से बड़े साहब से एक बार मेरी तारीफ कर देना।"

"जी भाईसाहब, आपका काम आजई सें शुरू कर देंहें। मगर भाईसाहब, जा एक बात को ध्यान रखियो के, कौनों भी बाबू खों पाँच सौ रुपैया सें ज्यादा ने दियो, काये सें इनके इतनै रेट हैं।"

"अच्छा, साहब के कितने रेट हैं?"

"भाईसाहब, जोंन जैसो कट जाए।"

"ठीक है, हम ध्यान रख हैं। तुम जैसो के हो बेंसई कर हैं। अब जा रये, काये सें जा फाइल तैयार करने है।"

"अरे भाईसाहब, आप परे हो चक्करों में काये कि फाइल-बाइल, इते काम पैसों को है, खाली ऐसें ही जेंसई आवेदन दे हो तो लाइसेंस बन जेहे।"

"ऐसी बात है, चलो जा फॉर्मेल्टी करें दे रये, परसों मिलत हैं।" इतना कहकर विक्रम वहाँ से चला जाता है।

□

भाग-10

यदि सिर्फ प्रकृति को छोड़ दिया जाए तो मानव प्रजाति का अधिकांश हिस्सा रिश्वत व चोरी के साथ ठगने में कौशल प्राप्त कर चुका है। ज्ञान वह काजल की कोठरी हो गई है, जहाँ से लोग अच्छा चुनकर ही इसलिए लाने लगे हैं कि उसका आसानी से दुरुपयोग किस तरह किया जा सके, यह सीख सकें! लालच के पेड़ को सींचने के लिए विक्रम ऑफिस अपने कहे अनुसार पहुँच गया। सेवकराम ने विक्रम के पैर छूते हुए कहा, "भाईसाहब, साहब बोल रये थे कि आपको मेरे पास ले आना, आज बात हो जेहे आपकी।"

"सेवकराम, साहब से ही तो हमें मिलना है, लेकिन वे एक बजे आएँगे और मुझे अभी बहुत जरूरी काम से जाना है। तब तक चलो, अभी बाबुओं से तो मिल ही लें।"

(ऑफिस के अंदर पहुँचकर) "कैसे हो दीक्षितजी?"

"आइए विक्रम भाई।"

"यह रही सर, आपकी फाइल।"

"विक्रम भाई, आज दीक्षितजी बहुत परेशान हैं, उनकी थोड़ी मदद कर दो।" कालू बाबू ने कहा।

"जरूर कालूजी, यदि हम किसी की परेशानी का हल कर पाए तो अपने आप को बड़ा सौभाग्यशाली समझेंगे।" विक्रम बोला।

कालू बाबू ने कहा, "विक्रम भाई, आप कर सकते हो, इसलिए आपसे कह रहा हूँ और फिर बाबूजी भी आपके बहुत काम आएँगे।"

"दिल खोलकर बताइए बाबूजी, क्या समस्या है आपकी?"

विक्रम के पूछने पर दीक्षित बाबू ने कहा, "विक्रम भाई, एक छोटी सी समस्या है, कैसे कहें? परसों मेरी साली की शादी है। मेरी पत्नी ने कहा है कि पाँच-पाँच हजारवाली चार साड़ियाँ वह अपनी बहन को देगी। ऊपर से तीस हजार के गहने भी देनेवाली है। अब देखो, मैंने तीस हजार की व्यवस्था तो कर ली है, लेकिन बीस हजार रुपए की जरूरत और है। मैं इन लोगों से मना कर रहा था कि कोई आदमी अपने पास काम करवाने के लिए आया है, उसका कोई भी काम किए बगैर ही पैसे के लिए कहना लानत है, जबकि वह भला मानस जितनी बार यहाँ आता है, उतनी बार कुछ-न-कुछ देकर ही जाता है। लेकिन ये कालू बाबू और यादवजी माने ही नहीं, जबरदस्ती आपसे कहलवा दिया। खैर, अब आप भी घर जैसे हो, आपसे क्या छुपाना। यदि आपके पास व्यवस्था नहीं है तो इसे अन्यथा बिल्कुल भी न लें। आपका काम किसी भी कीमत पे नहीं रुकेगा। यह बीस हजार रुपए जो आप हमें दोगे, उन्हें तीन-चार महीनों में वापस लौटा दूँगा, वह भी ब्याज सहित।"

विक्रम ने मुसकराते हुए कहा, "अरे दीक्षितजी, आप भी ऐसी बातें करके क्यों हमें शर्मिंदा कर रहे हैं। आदमी परेशानी में सहायता तो अपनों से ही माँगता है। मुझे खुशी है कि आप लोगों ने मुझे अपना समझा। दीक्षितजी, आज शाम को छह बजे तीन बत्ती आ जाइएगा, एक-एक चाय पिएँगे और आपका काम कर देंगे।"

"देखो, हमने कहा था कि विक्रम भाई आपकी प्रॉब्लम सॉल्व कर देंगे," यादव बाबू ने कहा।

"बाबूजी, अब मैं चलता हूँ, यह आप लोग रख लीजिए।" (पाँच-पाँच सौ रुपए तीनों बाबुओं को देते हुए)

"अरे विक्रम भाई, आज आप हमारी इतनी बड़ी समस्या का समाधान कर रहे हो, आज रहने दो।" दीक्षित बाबू कहने लगे।

"बाबूजी, समस्या है तो इसका मतलब यह तो नहीं कि आप लोगों का हक मार दिया जाए। आपकी समस्या अलग है और यह अलग है।"

बाहर निकलकर विक्रम ने सौ रुपए सेवकराम को दिए और ऑफिस से निकल जाता है।

विक्रम के जाते ही ऑफिस में कालू बाबू ने कहा, "भाई दीक्षितजी, अपना काम तो हो गया, परसों आधा-आधा कर लेंगे।"

यादव बाबू ने कहा, "बंदा लगता तो दमदार है, लेकिन यदि काम नहीं हुआ तो पैसे न माँगने लगे?"

कालू बाबू समझाते हुए बोले, "भूमिका ऐसी बनाओ कि सबकुछ साहब पर टिक जाए। साहब का पेट खाली रहा तो बंदा जब तक इंतजाम न कर ले, तब तक अपने सामने ही न आए। हालाँकि साहब को जब से इसके बारे में बताया है, वे तभी से दिन में तीन बार इसके बारे में पूछ लेते हैं। कह रहे थे, विक्रम को मेरे पास भेजो।"

"दीक्षितजी, साहब क्यों नहीं कहेंगे, वे तो बड़े उतावले हो रहे हैं विक्रम से मिलने के लिए। उनके लिए तो वह बड़ी मछली है। वैसे आपका जलवा तो खिंच गया। आजकल नए मोबाइल मार्केट में आ गए हैं, मुझे एक अच्छे से मोबाइल का जुगाड़ करवा देना।" यादव बाबू ने फरमाइश की।

दीक्षित बाबू ने खिलखिलाते हुए कहा, "आज शाम को पहले मुरगा कट तो जाए। एक बार में ही पूरा नहीं काटना है, धीरे-धीरे सबको करवा लेंगे। भगवान् इसी तरह बारिश करता रहे तो अपना काम बनता चला जाए। आप लोग अब इत्मीनान से बैठें, मैं घर जा रहा हूँ। शाम को विक्रम से भी मिलना है।"

विक्रम शाम के छह बजे तीन बत्ती पहुँचते ही सामने से दीक्षित बाबू आ जाते हैं।

"आइए बाबूजी, सिर्फ आपके लिए यहाँ आया हूँ। पहले यह अपने बीस हजार रुपए रख लीजिए।" सौ-सौ के नोटों की दो गड्डी थमाते हुए।

"बहुत-बहुत धन्यवाद आपका। आपने तो मेरी बहुत बड़ी उलझन सुलझा दी। ये आपके पैसे हम जल्द ही लौटा देंगे।"

"बाबूजी, यह पैसे आप ही के लिए हैं। इन्हें वापस करने की आवश्यकता नहीं है। चलिए, आपकी उलझन तो सुलझ गई, अब आप मेरी उलझन भी सुलझा दीजिए।"

"अरे विक्रम भाई, आपका काम हो गया समझो।"

"आज ही मैंने यह मोबाइल खरीदा है, कल तक इसकी सिम चालू हो

जाएगी, आप यह मेरा नंबर ले लीजिए, परसों इस पर आपके साहब का फोन आना ही चाहिए। बाबूजी, मेरी इस बात को गंभीरता से लीजिएगा।" विक्रम ने ऐसा गंभीर लहजे में कहा।

"क्या बात कर रहे हैं, विक्रम भाई! साहब खुद आपसे मिलने के लिए तीन-तीन बार कह चुके हैं, हम तीनों के अलावा सेवकराम ने भी साहब को आपके बारे में बताया है।"

"बाबूजी, अब मैं रिजल्ट चाहता हूँ, बातें बहुत हो चुकी हैं।"

"भाईसाहब, आपको आपके मन के मुताबिक रिजल्ट मिलेगा। आपने हमारे लिए किया है, इसलिए अब आपके फायदे की बात आपको बताता हूँ, सुनिए। साहब दो लाख रुपए कहेंगे, आप डेढ़ पर अड़ जाना।"

"बहुत खूब बाबूजी! यह अच्छा है, सभी का फिक्स है, वरना मुझे तो दिक्कत हो जाती।"

"हम सब आप ही लोगों की सुविधा के लिए तो हैं। वैसे फिक्स-विक्स कुछ नहीं है। हमारे साहब सभी नए लोगों से जो बिना किसी पहचान के आते हैं, दो लाख से कम नहीं लेते।"

विक्रम ने कहा, "ठीक है बाबूजी, धन्यवाद इस मेहरबानी के लिए। मेरी बात याद रखिएगा, जल्दी मिलते हैं। अब मुझे थोड़ा काम है, वह करके आता हूँ।"

"भाईसाहब, मेरी तरफ से आप निश्चिंत रहें, आपको परसों इस नंबर पर साहब का फोन आ जाएगा।"

इतना कहकर दीक्षित बाबू चला जाता है।

विक्रम एक इलेक्ट्रॉनिक दुकान पर पहुँचकर—

"भाईसाहब, क्या माइक्रो टेप रिकॉर्डर मिल जाएगा?"

दुकानदार ने दो तरह के टेप रिकॉर्डर दिखाते हुए कहा, "भाईसाहब, एक यह लोकल है, इसमें आप गाने भी सुन सकते हैं और अपनी आवाज रिकॉर्ड भी कर सकते हैं। इसमें बड़ी कैसेट लगती है, इसकी कीमत सात सौ रुपए है। दूसरा यह कंपनी का है, इसमें छोटी कैसेट लगती है, इसकी आवाज की क्वालिटी बहुत दमदार है, लेकिन यह तीन हजार रुपए का है।"

"इन दोनों में फ्रिक्वेंसी पावर किसका अच्छी है, जिसमें यदि पंद्रह फुट दूर बच्चे खेल रहे हों तो उनकी बारीक-से-बारीक आवाज रिकॉर्ड की जा सके ?"

"फिर तो आप यह तीन हजार रुपएवाला रख लीजिए। इसमें पंद्रह फुट दूर खेलते बच्चे की आवाज भी आप रिकॉर्ड कर सकते हैं।"

"इसे ऑपरेट करना सिखा दीजिए।"

"ऑपरेट करने के लिए कुछ खास नहीं है, ऊपरवाला बटन रिकॉर्ड करने के लिए है, जिसका स्विच ऑन करते ही लाल लाइट जलनी शुरू हो जाएगी, नीचे वाला बटन रिकॉर्डिंग सुनने के लिए है, साइड में लगा स्विच रिवर्स-फॉरवर्ड के लिए है। इसके साथ ये पाँच कैसेट का सेट फ्री है।"

"पैक कर दीजिए। मैं घर पर आज और कल प्रयोग करके देखूँगा, यदि व्यवस्थित रिकॉर्डिंग नहीं हुई तो कल शाम आऊँगा।"

"आप चिंता न करें भाईसाहब, दो साल तक की गारंटी है।"

विक्रम टेप रिकॉर्डर लेकर घर चला जाता है और अपने ही कमरे में अलग-अलग कोनों व दूरी से रात में और दिन भर धीमी तथा तेज आवाज में रिकॉर्ड कर-कर के सुनकर संतुष्ट हो जाता है।

□

भाग-11

जुनून वह होता है, जहाँ पूरी ऊर्जा कुछ कर देने की प्रवृत्ति आपसे वह करवा लेती है, जो आपके शरीर और क्षमताओं के भी वश का नहीं होता। तब पूरा खेल, सिर्फ दिल और दिमाग के हौसले पर चलता है। जुनून ही है, जो दिल और दिमाग, दोनों को एक जगह लाकर खड़ा कर देता है, फिर दिल बोलता है और दिमाग सिर्फ करता है, दिमाग बोलता है तो दिल सच मानकर अपनी गहराइयों में उतारना शुरू कर देता है। जिसमें बगुले की तरह एकाग्रचित्तता, किसी संन्यासी की तरह ध्यानावस्था होती है। अर्जुन की तरह मछली की आँख की पुतली दिखाई देती है। विक्रम का लक्ष्य भी एकाग्र हो चुका था, जिसे अपने लक्ष्य के अलावा दूसरा कुछ नजर ही नहीं आ रहा था। शाम का समय था, सात बज रहे थे, विक्रम का मोबाइल बज उठता है। विक्रम फोन रिसीव करता है—

"हैलो।"

दूसरी तरफ से आवाज आती है, "कौन, विक्रम?"

"हाँ सर, विक्रम बोल रहा हूँ।"

"अरे, मैं ड्रग ऑफिसर बोल रहा हूँ।"

"साहब, नमस्कार।"

"कहाँ हो भाई, हमसे भी आकर मिल लो, कहाँ बाबुओं के चक्कर में फँसे हो।"

"बिल्कुल साहब, मैं खुद बहुत दिनों से आपसे मिलना चाह रहा हूँ, लेकिन कोई संयोग ही नहीं बन पा रहा था।"

"जब दीक्षित ने हमें बताया था, हम तभी आपसे मिलना चाह रहे थे, आज

उसने नंबर दिया तो हमने सोचा कि चलो, हम ही लगा लें, वरना ये बाबू तो आपको पूरा लूट लेंगे।"

"बहुत-बहुत धन्यवाद साहब, आपने मेरे बारे में इतना सोचा, अब मुझे आदेश करें, साहब!"

"कल आ जाओ, दोपहर में ऑफिस में बैठकर बातचीत कर लेंगे।"

"साहब, कल तो मुझे थोड़ा काम है, परसों का रख लें तो ज्यादा बेहतर होगा, मेरा काम भी नहीं रुकेगा।"

"चलो ऐसा ही कर लेते हैं, परसों का रख लेते हैं, मगर परसों मुझे एक पार्टी में जाना है, फिर भी मैं रात के ग्यारह बजे तक हर हाल में आ जाऊँगा, साढ़े ग्यारह से बारह बजे तक रात में घर आ सकोगे?"

"बिल्कुल साहब, मैं ठीक साढ़े ग्यारह बजे आपके घर पहुँच जाऊँगा।"

"ठीक है, हम साढ़े ग्यारह से बारह के बीच आपका इंतजार करेंगे।"

"आप निश्चिंत रहिए साहब, मैं समय का पाबंद हूँ, समय से आपके घर पहुँच जाऊँगा।"

"ठीक है, फिर परसों मिलकर बातें होंगी।"

"जी सर।" फोन कट जाता है।

विक्रम अगले दिन सुबह ऑफिस पहुँचकर—

"कैसे हो सेवकराम?"

सेवकराम (पैर छूते हुए), "ठीक हूँ भाईसाहब!"

"सेवकराम, तुमाओ काम आ गओ है, अब हमें जो देखने है, के तुम अपने काम में कितने खरे उतरत हो।"

"आप तो बस हुकुम करो, भाईसाहब!"

"ये पाँच सौ रुपए पहले अपनी जेब में रखो।"

"भाईसाहब, आप बताओ तो हमें का करने है।"

"बस छोटा सो काम है, जब हम साहब सें मिलवे केबिन में जाएँ, तब तक कोई भी अंदर नें आओ चैये, फिर चाये व शहर की कितनऊँ भी बड़ी हस्ती काये नें होये, हमाई जा बात, अच्छे सें ध्यान रये और जोई करने हें। कर ले हो इतनों?"

“भाईसाहब, आपको आदेश हो गओ, अब चाये, प्रधानमंत्री काये ने आ जाएँ, तो उनखों भी हम दरवाजे पेई रोक लें, और तब तक रोकें रें हैं, जब तक आपको आदेश ने हुईए।”

“सेवकराम, हमें तुमसे जई उम्मीद है। अब हम तनक अंदर और सबै सें मिल लयें।”

“बाबूजी नमस्कार।”

“आओ विक्रम भाई।”

“साहब का फोन आया था आपके पास?” दीक्षित बाबू ने पूछा।

“हाँ, आया तो था। कल मुलाकात होगी उनसे। अभी मैं शहर से बाहर अपने जरूरी काम से जा रहा हूँ। सोचा, आप लोगों से मिलता चलूँ।”

“यह तो अच्छा किया आपने, साहब को फोन करके चले जाना।” कालू बाबू ने कहा।

विक्रम ने कहा, “अब मैं डायरेक्ट ही जाऊँगा। परसों मोबाइल लिया था, आज खराब हो गया, मोबाइल की दुकान पर गया तो उन्होंने कहा कि दो दिन बाद दूसरा दे देंगे, अभी यह सेट उपलब्ध नहीं है।” दो-दो हजार रुपए बाबुओं को देते हुए कहा, “हम विशेष रूप से, आप लोगों से यह कहने आए हैं कि जब मैं साहब से मिलने आऊँ और यहाँ कोई भी मौजूद हो, उसे रोककर आप लोग सबसे पहले साहब से मुझे मिलवाएँगे और जब तक मेरी बात पूरी न हो जाए, तब तक आप लोगों में से भी कोई भी अंदर नहीं आएगा, यहाँ तक शहर की कोई भी हस्ती क्यों न आ जाए, मेरे सिवाय किसी को भी प्राथमिकता नहीं दी जानी चाहिए।”

दीक्षित बाबू ने कहा, “विक्रम भाई, आपने कह दिया, समझो हम लोगों की तरफ से हो गया। हम लोग भी समझते हैं कि बातचीत करने की अपनी गरिमा होती है। आप पूर्ण रूप से निश्चिंत रहें, आप हमारे हैं, आपको हमेशा वी.आई. पी. ट्रीटमेंट ही मिलेगा।”

“हमें आप सभी से यही उम्मीद है, अब इजाजत चाहूँगा। जल्दी मिलते हैं।”

इतना कहकर विक्रम ऑफिस से तो निकल जाता है, लेकिन मन-ही-मन

हँसता है और कहता है—'वाह रे सिस्टम, करोड़ों लोगों को एक वक्त की रोटी नहीं मिलती, ऐसे में देश में लाखों अधिकारी ऐसे भी हैं, जो सरकार व जनता की गाढ़ी कमाई के पैसों पर ऐश करते हैं, दुकान, ढाबा, फल-सब्जी, आइसक्रीम, स्कूल जैसे बुनियादी कामों तक के लिए लाइसेंस या छोटी से लेकर कोई भी बड़ी चीज या कार्य या कुछ भी खरीदना-बेचना हो तो लाइसेंस। वेतन के बाद की अतिरिक्त कमाई का मूल जरिया है रिश्वत। जितना बड़ा काम, उतनी बड़ी रिश्वत। एक तो सुई से लेकर मल निस्तार तक का सरकारी टैक्स दो, फिर अधिकारियों को रिश्वत दो, आपका धंधा-व्यवसाय चले या बंद हो, लेकिन इनका धंधा चलते रहना चाहिए। कमाल यह है, सभी भ्रष्टाचार से त्रस्त हैं, भ्रष्टाचार मिटाने के लिए लंबे-चौड़े भाषण देते हैं और जैसे ही मौका मिलता है तो खुद रिश्वत लेने से नहीं चूकते। राजनीति में भ्रष्टाचार को भुनाया जाता है, भ्रष्टाचार करने के लिए। संत्री से लेकर मंत्री, चपरासी से लेकर अधिकारी तक इस दलदल के छोटे-बड़े मगरमच्छ बने बैठे हैं।' इसी बीच शिवेंद्र टकरा जाता है।

(उलाहना देते हुए कहा) "हो यार, लगभग एक माह होने को है, कुछ अता-पता नहीं है तुम्हारा।"

"कुछ नहीं यार, अभी थोड़ा व्यस्त चल रहा हूँ। जल्दी ही अपनी बैठक जमाते हैं।"

"ऋतु तुम्हारे बारे में डीके से पूछ रही थी, वह भी तुम्हारे घर गया था, पता चला आजकल तुम घर में टिकते ही नहीं हो।"

"शिवेंद्र, अभी तो व्यस्त हूँ, एक सप्ताह में मेरी व्यस्तता जैसे ही खत्म होगी, सभी से मिलूँगा। जल्दी में हूँ, इसलिए अभी चलता हूँ।"

घर पहुँचकर टेप रिकॉर्डर के सेल रात भर के लिए चार्जिंग पर लगाकर दूसरे दिन की तैयारी के लिए सुबह मम्मी के पास जाकर कहा, "मम्मी, ताला कहाँ रखा है?"

"काये खों चाने?" मम्मी ने पूछा।

"अरे, जब हम घरे आत हैं तो पापा बाहर बैठे मिलत हैं, फिर हमें कमरे के बाहर से आवाज लगाने पड़त है, ऐसें जो हुईये के, ने तुमोरों परेशान हुईओ और ने हम। जो हमसे मिलवे आहे सो, उतई के उतई मिल चलो जेहें।"

"वो रखो है, उठा लो।" मम्मी ने कहा।

विक्रम ताला ले जाकर अपने कमरे में लेट जाता है, अचानक उसकी नींद खुलती है। देखता है कि रात के साढ़े ग्यारह बज गए हैं, धीरे से अपनी साइकिल बाहर निकाली और कमरे में ताला मारकर अँधेरी सुनसान सड़क पर झुंड में खड़े कुत्ते जैसे इसी इंतजार में खड़े हैं कि कोई निकले और उसे लपक लूँ, साहब के घर की ओर तेज गति से साइकिल में पेडल मारकर चलने लगता है।

□

भाग-12

विक्रम शाम के ठीक पाँच बजे एस.पी. साहब के दिए हुए समयानुसार उनके घर पहुँच जाता है। जहाँ पहले से ही डी.एस.पी. राजेंद्र, टी.आई. जीवन और पुलिस के आला अधिकारियों के अलावा कॉलेज के फॉरेंसिक लेबोरेटरी के एक्सपर्ट, वरिष्ठ प्रोफेसर एवं हायर सेकंडरी स्कूल के एक प्राचार्य बैठे हुए थे।

विक्रम को आया देखकर एस.पी. साहब ने कहा, "आओ विक्रम, बैठो" और उसका सभी से परिचय करवाया—

"साहब, इतनी बड़ी ही टीम जाएगी?" विक्रम ने उत्सुकता से पूछा।

"इससे थोड़ी और बड़ी। आप राजेंद्र साहब के साथ चले जाओ, कुछ डॉक्युमेंटेशन की फॉर्मेल्टी बाकी है, उसे पूरी कर लो।" अपने अधीनस्थ डी.एस.पी. राजेंद्र को निर्देश दिए कि आप विक्रम के साथ बैठ सभी काररवाइयाँ पूरी कर लीजिए, कल के लिए कुछ भी बाकी न रहे।

"जी सर!" राजेंद्र साहब ने कहा। "आइए विक्रमजी, आप मेरे साथ आइए। हम लोग अपनी फाइल तैयार कर लें।"

"जी सर, चलिए।"

दोनों बाहर के बरामदे में ही दूर जाकर अपना काम करने लगे।

"सर, इतने सारे पेपर्स पर मेरे दस्तखत क्यों?" विक्रम ने जानने की इच्छा से पूछा।

"ये पेपर ड्रग ऑफिसर की मौत का सामान हैं।"

"वह कैसे सर, हम तो सामान्य सजा दिलवाना चाह रहे हैं, ताकि वे आगे से चोरी के चक्कर में मानवीयता न भूलें।"

(हँसते हुए) "क्या बच्चों जैसी बातें करते हो, विक्रमजी! आप जानते हैं, इसके बाद ड्रग ऑफिसर निलंबित होगा। उसकी पूरी संपत्ति राजसात कर ली जाएगी। बच्चे सड़कों पर भीख माँगेंगे।"

"सर, उसके बच्चों ने किसी का क्या बिगाड़ा! वे क्यों सजा भुगतें?"

"भाई, रूल्स आर रूल्स। तुम या हम उन्हें नहीं बदल सकते।"

"तो फिर सर, यदि मैं कहूँ कि मैं उसे नहीं पकड़वाना चाहता तो…!" (ग्लानि से भरकर सवाल किया)

"तो फिर आपको जेल जाना होगा, क्योंकि आपने मिसगाइड किया है प्रशासन को। जेल जाना चाहेंगे?"

"अरे, क्या बात कर रहे हैं, सर? जो गलत है, वही जाए। मैं क्यों जेल जाऊँ?" हँसकर विक्रम ने कहा।

"गुड, आप जैसे जोशीले नौजवानों से यही उम्मीद की जा सकती है।"

"सर, एक प्रश्न और था। मान लो, यदि उसने पैसे नहीं लिये तो?"

"लगभग बीस लाख तैयार रखना। क्योंकि कम-से-कम वह इतनी रकम की मानहानि का दावा करेगा, फिर जेल जाने की पूरी प्रबल संभावनाएँ बन जाती हैं।"

"आपके कहने का मतलब सर, मगरमच्छ युक्त कुएँ में तलवारों से सजी खाई, बीचोबीच जिंदगी है हमाई।"

"पूरी बात समझ गए विक्रमजी! देखो, हम दोनों को पाँच घंटे हो गए हैं यहाँ काम करते हुए और वहाँ सर को भी देखो, पूरी टीम के साथ दिन भर से लगे हैं। चलिए, अपना काम हो गया, साहब को बता दें।"

"सर, डॉक्यूमेंटेशन कंप्लीट हो गया।"

"वेरी गुड। विक्रम, इन सभी नोटों में फिनाफ्थिलीन पाउडर लगा दिया गया है। इनके ऊपर जो पेपर होगा, उस पर भी पाउडर लगा होगा। हम आपके सामने कल पेपर में पैक करके इस हैंडबैग (हैंडबैग दिखाते हुए) में नोट रख देंगे। इस हैंडबैग में अंदर भी पाउडर लगा है, इसमें से नोटों का बंडल निकालकर आपको उस अधिकारी के हाथ में देना है। नोट देते हुए यह ध्यान से देखना कि वह पैसे कहाँ रख रहा है।"

"जी साहब, मैं ये बातें ध्यान रखूँगा। आगे क्या आदेश है मेरे लिए?"

"आप यह बताइए, उसके घर पहुँचकर जब वह पैसे ले लेगा, तब आप इशारा कैसे करेंगे?"

"साहब, वहाँ इशारा संभव नहीं है, लेकिन मेरे घर के अंदर जाने के बाद, पूरे पंद्रह मिनट में आप आइएगा, मैं अपना काम पंद्रह मिनट में पूरा कर लूँगा।"

"वेरी गुड, लेकिन यदि वह घर पर नहीं मिला, तब क्या करोगे? क्योंकि जीवन साहब जब ऑफिस की रेकी करने गए थे, तब मालूम हुआ कि जहाँ वह अधिकारी बैठता है, वह रूम पूरा पैक है। वेंटिलेटर बहुत ऊपर लगा है, खिड़की कोई है नहीं। ऐसे में हमें कैसे पता चलेगा कि उसने पैसे ले लिये हैं? यहाँ भी कोई इशारा ऐसा होना चाहिए। यदि उसे जरा सी भी भनक लग गई तो समझो, खेल खत्म हो गया।"

"साहब, जब वह पैसे ले लेगा, तब मैं घर के बाहर आकर अपने बालों और चेहरे पर हाथ फेरूँगा। आप समझ जाइएगा।"

"वैरी गुड, विक्रम! यह सब बड़ी सावधानी से करना है, वरना पूरे किए-कराए पर पानी फिर जाएगा।"

"बिल्कुल साहब, आप मेरी ओर से निश्चिंत रहें।"

"ठीक है, अब तुम निकल जाओ। आराम से सो लो। कल दिन भर बहुत काम करना है। कल सुबह ठीक नौ बजे यहाँ आ जाना, हम लोग पौने दस बजे यहाँ से चलेंगे।"

"जी सर, मैं सुबह नौ बजे यहाँ आ जाऊँगा। अब मैं इजाजत चाहूँगा।"

"ठीक है। जाइए और आराम कीजिए।"

विक्रम अपनी साइकिल लेकर घर की तरफ चल पड़ता है। उसके दिमाग में जीवन साहब की बात बार-बार कौंध रही थी कि ड्रग ऑफिसर के बच्चे उसके पकड़े जाने के बाद सड़कों पर भीख माँगेंगे। यदि ऐसा हुआ तो बहुत बड़ा पाप हो जाएगा। जिसके लिए मैं अपने आप को कभी माफ नहीं कर पाऊँगा। एक पापी की सजा का भुगतान निर्दोषों को करना पड़ेगा, वह भी मेरे कारण। क्या मैं उससे भी बड़ा पापी न कहलाऊँगा? मैं इतना बड़ा पाप नहीं कर सकता?

फोन लगाकर बोले देता हूँ कि कल मुझसे पैसे मत लेना, क्योंकि यह षड्यंत्र है, तुम्हें लपेटने का। फिर वह मुझ पर केस भी नहीं करेगा। पैसे नहीं लेगा तो पुलिस डिपार्टमेंट भी मेरा कुछ नहीं कर लेगा। ऐसे मैं भी बच जाऊँगा और उसका परिवार भी तबाह होने से बच जाएगा। अभी साढ़े बारह बजे हैं, बस स्टैंड का पी.सी.ओ. खुला होगा।

पी.सी.ओ. पहुँचकर नंबर डायल करते ही आधी घंटी में ही दूसरी तरफ से एक लड़की की आवाज आई, "हैलो! कौन?"

"साहब को बता दीजिएगा कि कल काले कपड़े पहने कोई पैसे देने आएगा। लेना मत, उनके खिलाफ षड्यंत्र हो रहा है।"

"आधी रात को फोन कर रहा है, फोन रख पागल।" लड़की फोन रखकर बैग उठाकर बँगले के बाहर अपने प्रेमी की गाड़ी में बैठते हुए बोली, "जल्दी चलो, वरना यदि कोई जाग गया तो मुश्किल होगी। शादी का इंतजाम हो गया न?"

प्रेमी ने कहा, "सुबह सात बजे का मुहूर्त है।"

"इतनी देर क्यों लगा दी?"

"किसी पागल का फोन आ गया था।"

"सुबह से तुम्हें सभी ढूँढ़ने लगेंगे?"

"सुबह से नहीं, जब पापा को खबर लगेगी तब। सबको पता है, मैं दस बजे तक सोती हूँ। अकसर पापा निकल जाते हैं तो जब मम्मी उन्हें ऑफिस फोन करेंगी, तब तक अपनी शादी हो चुकी होगी। फिर भी मैं सुबह शादी की खबर देने के साथ ही जिस पागल का फोन आया था, उसके बारे में भी पापा को बोल दूँगी।"

इधर विक्रम फोन करने के बाद अपने मन में कहता है, 'मैंने अपना उत्तरदायित्व पूरा कर दिया। जिसने फोन उठाया था, वह इस बात की चर्चा अपने परिवार में जरूर करेगी, भले ही उसने पागल समझा हो, लेकिन ड्रग ऑफिसर समझ जाएगा और पैसे नहीं लेगा और यदि उसने नहीं बताया तो? उसकी किस्मत में यह होनी लिखी ही होगी, जिसे कोई नहीं रोक सकता। लेकिन वह जैसे ही बताएगी, ऑफिसर तत्काल समझ जाएगा और अब वह किसी भी

कंडीशन में पैसे तो लेनेवाला नहीं। वैसे भी मेरे सिर का बोझ तो उतर गया, दुश्मन को चेतावनी दे दी।' मन-ही-मन खुश होकर वह सुबह का इंतजार करने लगा। जीवन में जो हम बोते हैं, हमें उसकी फसल तो काटनी ही पड़ेगी, लेकिन कभी-कभी बुरे कर्मों की फसल भी अच्छी आ जाती है। इसका मतलब यह नहीं कि हम सही हैं, बल्कि यह प्रार्थना है हमारे अपनों की, जिसे वे आपके जाने-अनजाने में करते हैं।

□

भाग-13

सुबह के नौ बजे चुके हैं। एस.पी. साहब के बँगले के बाहर आठ से दस गाड़ियाँ खड़ी हैं। जहाँ सभी अधिकारी सादे कपड़ों में हैं। विक्रम यह नजारा देखकर एस.पी. साहब से कहता है, "सर, इतनी गाड़ियाँ देखकर तो कुत्ता भी उसे बता देगा कि साहब आज आप पकड़े जानेवाले हो।"

"हाँ, तुम सच कहते हो।" उन्होंने अपने अधीनस्थ राजेंद्रजी को इशारे से बुलाकर कहा, "मैं विक्रम के साथ ड्रग ऑफिसर के घर से पर्याप्त दूरी पर विक्रम को उतारूँगा। मेरी गाड़ी के पीछे सिर्फ आपकी गाड़ी होगी, जिसमें छह लोग होंगे और बाकी सभी गाड़ियाँ अपनी गाड़ियों से सौ मीटर की दूरी पर होंगी। और हाँ, जरा प्रोफेसर साहब और प्राचार्यजी को फोन लगाइए। अभी तक क्यों नहीं आए?"

गाड़ियों को व्यवस्थित लगवाकर प्राचार्य और प्रोफेसर से फोन करने के बाद राजेंद्र साहब ने एस.पी. साहब से कहा, "सर, प्रोफेसर साहब नहीं आ पा रहे हैं, प्राचार्यजी रास्ते में हैं।"

"क्यों? प्रोफेसर साहब क्यों नहीं आ रहे हैं?" राजेंद्र साहब से एस.पी. साहब ने प्रश्न किया।

"सर, वे बता रहे थे कि उनका स्वास्थ्य ठीक नहीं है।"

"इरिगेशन डिपार्टमेंट से ये बाजूवाले अधिकारी को जल्दी ले लो। प्रोफेसरजी से बाद में स्पष्टीकरण लेंगे।"

इसी बीच विक्रम बोला, "सर, दस बजने में सिर्फ पाँच मिनट शेष हैं, हम लोग लेट हो रहे हैं।"

"बस, पाँच मिनट में ये पंचसाक्षी आ जाएँ, फिर चलते हैं।"

"जी साहब!"

दस बजकर बीस मिनट पर जब सभी आ गए, तब चलना शुरू हुआ। ड्रग ऑफिसर के घर से लगभग दो सौ मीटर की दूरी पर पहले विक्रम को उतार दिया गया, जहाँ से वह पैदल चल दिया। विक्रम ने देखा कि गाड़ियाँ जहाँ खड़ी हैं, उसके ठीक सामने एक मेडिकल स्टोर है और स्टोर में बैठा व्यक्ति बड़े गौर से गाड़ियों में बैठे लोगों की गतिविधियों को देख रहा है।

विक्रम ने लंबे-लंबे कदम भरे और ड्रग ऑफिसर के घर पहुँचकर डोरबेल बजाई तो चौकीदार बाहर निकलकर आया। उसने कहा, "अरे भाईसाहब! आप, आप तो उस दिन रात में भी आए थे।"

विक्रम ने कहा, "हाँ, अभी भी साहब से ही मिलने आया हूँ।"

"भाईसाहब, साहब तो अभी-अभी ऑफिस निकल गए।"

"ठीक है, जब साहब आएँ तो बता देना कि विक्रम आए थे।"

"जी भाईसाहब!" चौकीदार ने कहा।

दोबारा लंबे-लंबे कदमों से विक्रम एस.पी. साहब की गाड़ी के पास पहुँचा और बताया कि साहब तो अभी-अभी ऑफिस निकल गए हैं।

"चलो, जल्दी ऑफिस पहुँचते हैं।"

विक्रम ने मेडिकल स्टोर की तरफ देखा तो उसके काउंटर पर बैठा व्यक्ति फोन पर बातें कर रहा था, उसे लगा कि कहीं इसे संदेह तो नहीं हो गया और किसी को सूचना दे रहा हो। उसके एक्सप्रेशन से कुछ यों ही झलक रहा था।

इधर गाड़ियों की स्पीड तेज हुई, उधर विक्रम ने कुछ दूरी पर जा रही कार को पहचानकर एस.पी. साहब को हाथ के इशारे से बताया, "सर, यह ड्रग ऑफिसर की गाड़ी है, वह ऑफिस ही जा रहा है। यह भी कहा कि साहब मुझे लगता है, जहाँ आपकी गाड़ी खड़ी थी, वहीं मेडिकल स्टोर भी था, उसके फोन पर बात करने के दौरान मुझे लग रहा था, जैसे वह किसी को सूचना दे रहा हो।"

"शायद हो भी सकता है। मैंने भी वाच किया था, लेकिन महत्त्व नहीं दिया।" एस.पी. साहब बोले।

"साहब, आपका महत्त्व न देना, कहीं सबकुछ गुड़-गोबर न कर दे।"

"शुभ-शुभ सोचो, सब अच्छा होगा।"

"चलिए साहब, ऑफिस आ गया।"

ड्रग ऑफिसर ने अपनी गाड़ी स्टैंड पर लगाई और ऑफिस के अंदर जैसे ही गया, दौड़कर पीछे-पीछे विक्रम भी ऑफिस के पास पहुँच गया। ड्रग ऑफिसर की अंदर से तेज आवाज सुनाई दी, "दीक्षित, यह विक्रम आज आनेवाला था। फिर क्यों नहीं आया?"

दीक्षित बाबू ने कहा, "वैसे तो साहब, वह समय का पाबंद है, किसी कारण लेट हो गया होगा, आता ही होगा।"

तभी विक्रम ने देखा कि पाँच-छह गाड़ियाँ तेज गति से ऑफिस की तरफ आ रही हैं। उसने बिना देर किए सेवकराम से कहा, "सेवकराम, साहब आ गए हैं, मैं अंदर जा रहा हूँ। कोई भी अंदर न जाने पाए।"

"अरे भाईसाहब, कैसी बात कर रये, चींटियाँ भी अंदर ने जे पें हैं, जब तक के आप ने के हो। आप निश्चिंत होकें अंदर जाओ।"

"ठीक है।" इतना कहकर विक्रम सभी बाबुओं को नमस्कार करता हुआ ऑफिस में प्रविष्ट हो गया।

दीक्षित बाबू विक्रम को आया देखकर बोले, "विक्रम भाई, कहाँ लेट हो गए थे? साहब हमें गुस्सा कर रहे थे, पूछ रहे थे कि अब तक विक्रम क्यों नहीं आया?"

"बाबूजी, अभी साहब की शिकायत दूर कर देता हूँ। इस बात का ध्यान रहे, जब तक मैं साहब के पास हूँ, तब तक कोई भी अंदर न आए, चाहे जो हो जाए।"

"विक्रम भाई, आप निश्चिंत होकर जाइए। किसी को भी अंदर नहीं आने देंगे।"

विक्रम केबिन के पास पहुँचकर—

"मे आई कम इन सर।"

"अरे आओ विक्रम, कहाँ रह गए थे भाई। तुम घर नहीं आए तो मैं ऑफिस निकल आया, बैठो।"

"साहब, आपके घर गया था, पता चला कि आप ऑफिस निकल आए हैं, इसलिए बिना देर किए मैं भी यहाँ आ गया।"

"गुड। रुपए लाए हो?"

"जी साहब। मैं जुबान का पक्का हूँ। कह दिया, मतलब फुल एन फाइनल।"

"बहुत खूब। जो लोग जुबान के पक्के होते हैं, वे जीवन में बहुत तरक्की करते हैं। लाओ पैसे।"

विक्रम ने कहा, "जी साहब" और बैग में से पेपर का बंडल निकालकर पेपर को फाड़ते हुए नोट का बंडल निकालकर विक्रम बोला, "ये पैसे मैं आपको फिल्मों की तरह टेबल के नीचे से दूँगा।"

"हाँ-हाँ, लाओ। कहीं से भी दे दो।" हँसकर साहब ने कहा और टेबल के नीचे से पैसे लेते हुए पूछा, "क्या लोगे?" टेबल पर रखे बैग में रुपए रखते हुए, "ठंडा या गरम?"

"चाय चल जाएगी, साहब! पचहत्तर हजार की चाय तो बनती ही है।"

"दीक्षित!" दीक्षित को आवाज देते हुए।

"साहब, वे सभी बाहर होंगे।"

"क्यों?"

"साहब, मैंने उन लोगों से कहा है, जब तक मैं साहब के पास अंदर हूँ, तब तक न तो यहाँ कोई आएगा और न ही आप लोग किसी को अंदर आने दोगे, ठीक किया न, साहब?"

"समझदार हो। सही किया। सुरक्षा के हिसाब से बहुत जरूरी है।"

"रुकिए, मैं दीक्षित बाबू को बुलाकर लाता हूँ।"

"हाँ। बुला लाओ।"

विक्रम बाहर जाकर बालों और चेहरे पर हाथ फेरते हुए देखता है कि मिलनेवालों में लगभग पचास-साठ लोग बाहर खड़े हुए हैं। तभी उसे आया देखकर दीक्षित बाबू बोले, "भाईसाहब! आपकी बात हो गई? इन सभी को साहब से मिलना है।" अभी रुको थोड़ा सा और समय लूँगा, इतना कहकर विक्रम अंदर चला गया।

विक्रम साहब के पास पहुँचकर बोला, "साहब, दीक्षितजी आ रहे हैं।"

तभी केबिन के बाहर से 'विक्रम-विक्रम' की आवाज आती है और केबिन का दरवाजा खुलता है। डी.एस.पी. राजेंद्र, जीवन साहब, स्थानीय टी.आई., छह पुलिस बल के जवान सहित ऑफिस के अंदर आ जाते है।

विक्रम ने कहा, "सर, इन्होंने बैग में पैसे रख लिये हैं।"

विक्रम के ऐसा कहने और पुलिस को आया देखकर ड्रग ऑफिसर डर के मारे थरथराने लगा। वह समझ गया कि उसे ट्रैप किया जा रहा है। घबराकर उसने रुपयों से भरा बैग खिड़की से बाहर फेंकना चाहा तो डी.एस.पी. राजेंद्र ने फुर्ती दिखाई और उसे दो घूँसे लगाते हुए कहा, "साले चोर। हमीं को होशियारी दिखा रहा है।"

मौजूद पुलिस ने उसके दोनों हाथ पकड़ लिये। फॉरेंसिक लैब की टीम ने विक्रम और ड्रग ऑफिसर के हाथ धुलवाए, जिससे दोनों के हाथ रंग से लाल हो गए। जरूरी लिखा-पढ़ी की गई। जब्तीनामा बनाकर उस पर गवाहों, विक्रम, ड्रग ऑफिसर आदि के सिग्नेचर लिये गए, इसके बाद राजेंद्र साहब ने कहा, "चलो, विक्रमजी।" बाहर निकलकर देखा तो लोगों की संख्या, जो पचास-साठ थी, ट्रैपिंग के मामले की जानकारी मिलते ही वह अब तीन-चार सौ हो गई थी।

विक्रम डी.एस.पी. के पीछे-पीछे आ रहा था। तभी दीक्षित बाबू को देखकर उसके कान में कहा, "बाबूजी, और पैसे चाहिए हों, तो बताओ ?"

"भाईसाहब। गलती हो गई, हमें माफ कर दो।"

"बाबूजी, मेरा जितना पैसा तीनों ने खाया है, वह कल सुबह सूरज निकलने से पहले एक-एक पाई मेरे पास पहुँच जाए, वरना हलक में हाथ डालकर बाहर निकाल लूँगा। ध्यान रखना।"

दीक्षित बाबू (काँपते हुए), "जी भाईसाहब!"

विक्रम सभी लोगों के साथ गाड़ी में बैठकर ड्रग ऑफिसर के घर पहुँचा, जहाँ पहले से ही बड़ी संख्या में पुलिस बल मौजूद था। पूछताछ में जानकारी मिली कि साहब की इंदौर में फार्मास्युटिकल फैक्टरी है। दूसरे विभिन्न शहरों में मौजूद सभी घरों पर भी एक साथ छापे की कारवाई जारी है। साहब के घर से अट्ठाइस लाख नकद राशि और दो किलो सोने के जेवर बरामद हुए।

एस.पी. साहब विक्रम से बोले, "आप बाहर बैठ जाइए।"

"जी साहब।" विक्रम उठकर बाहर चला आया। बाहर निकलने पर उसने देखा कि ड्रग ऑफिसर के घर से जेवर की एक पोटली बाजूवाली बिल्डिंग में फेंक दी गई है।

तभी छात्र राजनीति से जुड़े बड़े नेता आशुतोष भी वहाँ आ धमके और विक्रम को देखकर बोले, "क्या विक्रम भाई! आपके होते हुए यह सब हो गया। आपने कुछ नहीं किया?"

विक्रम ने कहा, "आशुतोष भाई। अब आप आ गए हैं तो जरूर कुछ होगा।"

नेताजी ने अंदर जाने की कोशिश की तो पुलिस ने उन्हें दरवाजे पर ही रोक दिया। नेताजी ने अपने परिचित एक सब-इंस्पेक्टर का नाम लेकर बुलाया और कहा, "यार, ये अंदर नहीं जाने दे रहे हैं।"

सब-इंस्पेक्टर ने कहा, "भाईसाहब, एस.पी. साहब का आदेश है, कोई भी अंदर नहीं जा सकता।"

"यह तो बताओ कि यह हरकत किस हरामखोर की है, हम उसे राइट कर देंगे?" नेताजी ने पूछा।

सब-इंस्पेक्टर ने विक्रम की तरफ इशारा कर दिया।

नेताजी विक्रम के पास आकर बोले, "अरे भाई, आपका केस है? मुझे पता नहीं था।" इतना कहकर तत्काल वहाँ से चले गए।

कुछ देर बाद राजेंद्र साहब बाहर आए और विक्रम से कहा, "एक सिग्नेचर और कर दो, फिर चलते हैं।"

ड्रग ऑफिसर के घर से निपटने के बाद सभी लोग लोकायुक्त ऑफिस पहुँचे।

एस.पी. साहब ने विक्रम की पीठ थपथपाई और कहा, "शाबाश। आपने आज एक बहुत बड़े मगरमच्छ को पकड़वाया है।"

तब विक्रम बोला, "सर, मुझे अब घर तक छुड़वा दीजिए।"

आदेशानुसार टी.आई. जीवन विक्रम को घर तक छोड़ आए।

विक्रम ने अगले दिन के अखबार को खोलकर जब पढ़ा तो चौंक उठा! जिसमें खबर थी—ड्रग ऑफिसर रँगे हाथों पकड़ा गया, जिसके यहाँ सिर्फ एक सौ इक्यावन रुपए नकद और एक मंगलसूत्र बरामद हुआ। अदालत ने ड्रग ऑफिसर को पाँच सौ रुपए का मुचलका भरवाकर जमानत पर रिहा कर दिया है।

□

भाग-14

अखबार के पन्नों ने आज विक्रम के सामने ढेरों प्रश्न लाकर रख दिए, जो मुँह खोलकर उसके सामने खड़े हैं। जहाँ देखो, वहाँ भ्रष्टाचार! सभी बिक रहे हैं, इनसानियत, ईमान, धर्म, न्याय, अन्याय सभी कौड़ियों के भाव सजे हैं। जब किसी बात को हम अंजाम तक पहुँचाते हैं, तब ही उसकी अच्छाई और बुराई सामने आती है। आदमी सोचता है—जैसा मैं हूँ, वैसी ही दुनिया है। लेकिन ऐसा होता कहाँ है ? हाथ में तिरंगा, भारतमाता की जय, संविधान की कसम और इनकी आड़ में, इन्हीं का अपमान। भ्रष्टाचार वह राक्षस है, जिसके सैकड़ों मुँह, सैकड़ों हाथ, सैकड़ों पैर हैं। यह उस सीमा तक है, जहाँ जाकर आपकी बौद्धिक क्षमता खत्म हो जाती है। देश महँगाई, गरीबी, भूख, बेरोजगारी से जूझने के कितने भी जतन कर ले, जीत नहीं सकता, क्योंकि भ्रष्टाचार का रंग लाल होकर अब नसों में खून बनकर दौड़ने लगा है। मंदिर, मसजिद से लेकर, अस्पताल, स्कूलों में एडमिशन हो या रिजर्वेशन, राशन कार्ड, पासपोर्ट, नौकरी, रेड लाइट का चालान, मुकदमा हारना-जीतना, कॉण्ट्रेक्ट लेना-देना, यहाँ तक कि लोगों की साँसों पर भी इस भ्रष्टाचार ने नियंत्रण कर रखा है।

दिमाग में उथल-पुथल मची थी कि दरवाजे पर होती खट-खट ने विक्रम का ध्यान भंग कर दिया। दरवाजा खोला तो शिवेंद्र, अमित, डीके सामने खड़े थे।

शिवेंद्र ने कहा, “क्या यार, इतना बड़ा कारनामा कर डाला और हमें शामिल भी नहीं किया। हमें भी तो बताते, कम-से-कम जो इतने दिन तक, जो उस दिन की ग्लानि थी, हम दूर कर लेते।”

“विक्रम भाई, आई सैल्यूट यू। मुझे पता नहीं था कि आप इतना बड़ा कदम

भी उठा सकते हो, आज तो सेलिब्रेट करने का दिन है।" खुश होकर अमित ने बोला।

डीके ने कहा, "अच्छा किया, जो सबक सिखा दिया। ढेरों बधाई इस कमाल के लिए। इतने दिनों में कई बार हम लोगों ने तुम्हारे बारे में चर्चा की तो हम सभी के दिमाग में सिर्फ एक ही बात थी, उस वाकये ने तुम्हें बहुत ज्यादा फ्रस्टेड कर दिया है। बस इतना दिमाग में नहीं आया कि बात यहाँ तक पहुँच जाएगी। लेकिन जो हुआ, अच्छा हुआ। तुम्हारा बदला पूरा हो गया, चलो आज तो खुशियाँ मनाने का दिन है।"

"अभी तो मैदान में उतरा हूँ, लड़ाई अभी बाकी है।" विक्रम ने कसमसाते हुए कहा।

शिवेंद्र ने आश्चर्य से पूछा, "अरे! अब क्या रह गया?"

विक्रम ने कहा, "अट्ठाईस लाख नकद और सोना जो मेरे सामने रखा था, उसके बारे में अखबार में कोई न्यूज नहीं है। इसका मतलब, जो मेरे साथ खेल में शामिल थे, वे मुझे डराकर अपना खेल खेल रहे थे। मैं सीधा-सादा, वे जो कहते गए, वह मैं करता गया। जिसके लिए खेल रचा, वह दो मिनट में छूट गया।"

"विक्रम भाई, यह दुनिया ऐसी ही है। इसमें सुधार के चक्कर में उम्र कम पड़ जाएगी, लेकिन यह जो हो रहा है, वह नहीं रुकेगा। आपके सामने सबसे बड़ा लक्ष्य अभी कॅरियर है, उसे देखें। जो हो गया है, उसे भूल जाएँ। जो भी हो, हम लोग एन्जॉय करेंगे, क्योंकि यह सफलता तो है ही।"

"अमित सच बोल रहा है, इसे बुरा स्वप्न समझकर भूल जाओ। हम लोग वही लाइफ जिएँगे, जो पहले जीते थे, छोड़ो फिजूल की बातें।"

इस पर विक्रम ने कहा, "शाम को बैठक जमाते हैं।"

"फिर हम लोग निकल रहे हैं, शाम को आपका इंतजार रहेगा।" अमित ने हाथ पकड़कर कहा।

डीके ने कहा, "मैं थोड़ी देर रुकूँगा, फिर जाऊँगा, आप लोग निकल जाइए।"

शिवेंद्र और अमित जब चले जाते हैं, तब डीके कहता है, "क्या मिलेगा

अब आपको, ड्रग ऑफिसर को थोड़ी देर के लिए गिरफ्तार करवाने के बाद ?"

विक्रम ने मुसकराकर आश्चर्य से कहा, "मैंने अपने अपमान का बदला लिया है, मुझे आत्मसंतुष्टि मिल गई और यही मुझे चाहिए थी।"

"विक्रमजी, शायद आप यह भूल गए हैं, अब आपको लब्दो बनाने का भी लाइसेंस कोई नहीं देगा।" (लब्दो—सूखे हुए बेरी के बेर को पानी में उबालकर बनाया जानेवाला एक प्रकार का मशहूर बुंदेली स्नैक्स)

"भविष्य में क्या होना है, क्या नहीं, इस कल्पना में मैं समय बरबाद नहीं कर सकता। डीकेजी, कोई दूसरी बात हो तो करो।"

"बस, इतने में ही पिनक गए, इन बड़े-बड़े अधिकारियों के बहुत बड़े-बड़े लिंक होते हैं, यदि उसने कुछ ऐसा-वैसा करवा दिया तो लेने के देने पड़ जाएँगे, कोई भी सँभाल नहीं पाएगा।"

"मुझे डरा रहे हो ? डीके, यह मेरा खेल है, जिसका आज मैं ज्ञात खिलाड़ी हूँ। हारूँ या जीतूँ, इसकी मुझे कोई परवाह नहीं है और यह तय है कि न तो मैदान छोड़ूँगा, न ही हथियार डालूँगा।"

"एक दोस्त होने के नाते सलाह दूँगा, अपनी कंप्लेंट वापस ले लो, ताकि आगे के रास्ते खुले रहें।"

"डीके, मैं सोच रहा था कि तुम मेरा मनोबल बढ़ाओगे, लेकिन तुम तो मेरे साथ होकर भी दुश्मन की भाषा बोल रहे हो।"

"अच्छी बात हमेशा कड़वी होती है। इसमें मेरा कोई भला नहीं है, बल्कि तुम्हारा ही हित है। यदि मेरी अच्छी बातें तुम्हें बुरी लग रही हैं तो अब मैं कभी भी इस विषय पर बात नहीं करूँगा।" बात बदलते हुए वह बोला, "ऋतु दो बार पूछ चुकी है, ऐसा क्या जादू कर दिया उस पर ?"

अचानक विक्रम के उखड़े हुए चेहरे पर मुसकराहट बिखर गई। जैसे घनघोर बारिश से बचने के लिए किसी ने वीरान खँडहरों को चादरों से ढक दिया हो।

"अय हये, सुनकर ही चेहरे की रौनक लौट आई, तेरा मन तो मेढक की तरह उछलकूद करने लगा। भैया, तुमने बड़े-बड़े रोग पालकर रखे हैं। हम तो यहाँ भी यही कहेंगे, प्रैक्टिकली बनो, ये प्यार-मोहब्बत फिजूल की बातें हैं।

आऽऽऽराऽऽऽम से निपटो, सुलझो और फ्री हो जाओ। उसे भी शांति और तुम्हें भी शांति। यही है प्यार की परिभाषा।"

"डीके, तुम्हें देर हो रही होगी, अभी निकलो। मुझे नींद आ रही है, सोना है।" हाथ पकड़कर बाहर करते हुए।

"अरे यार, तुम तो मतलब पूरे अंधे हो गए। जाओ घुस जाओ, चूल्हे में, हमें इस बारे में भी कोई बात नहीं करनी अब। शाम को मिलेंगे।"

दरवाजा बंद करते हुए, "हाँ, ठीक है।"

विक्रम के दिल में अजीब सी गुदगुदाहट होने लगी थी। थोड़ी देर पहले जहाँ अभी लड़ने-मरने की बात हो रही थी, वहीं सिर्फ एक नाम की वजह से, जैसे उबलता हुआ पानी क्षण भर में शीतल जल का रूप ले चुका हो। सच भी है, मानवीय प्रकृति के बदलने में एक क्षण भी नहीं लगता, देखते-ही-देखते अच्छा-भला आदमी कब राक्षस बन जाए, कोई नहीं जान सकता और एक दुरात्मा में कब प्रेम का जीवन संचार होने लगे, यह कोई भी नहीं कह सकता। कोई शाम इतनी खूबसूरत होगी, ऐसा सपने में भी नहीं सोचा था। जब हृदय में प्रेम का संचार होता है, तब कदमों में पंख लग जाते हैं। वे अपने आप उड़ाकर अपनी प्रेमिका के घर रॉकेट की तरह इतने आराम से लैंड करा देते हैं, जैसे किसी देव के चरणों में कोई साधक फूल अर्पित कर रहा हो। विक्रम कुछ देर तक अमित के घर के दरवाजे पर खड़ा होकर सिर्फ यह सोचता रहा। यदि ऋतु ने दरवाजा खोला तो मैं उससे क्या कहूँगा। मनोदशा ऐसी थी, जैसे पानी में रहकर मछली पानी के लिए तड़प रही हो। आज न जाने मेरी ऐसी हालत क्यों है?

कँपकँपाते हाथों से जैसे ही डोरबेल बजाई, दरवाजा खुल गया, देखा तो ऋतु थी।

"अरे! तुम्हें आज मिली है फुरसत?" ऋतु ने उलाहना देते हुए कहा। "कितनी बार खबर भेजी, मुझे आपसे बात करनी है, लेकिन कोई जवाब नहीं आया। मैंने सोचा कि आजकल निराश प्रेमी आत्महत्या कुछ ज्यादा ही कर रहे हैं, तुम भी न निकल भगो। ले-दे के एक ही है ऐसा, जो पीछे पड़ा है, वह भी सरक गया तो खामख्वाह एक इलजाम और लग जाएगा।"

विक्रम की बोलती बंद थी। वह कुछ भी बोल ही नहीं पा रहा था, जैसे

किसी ने साँप के मुँह पर टाँके लगा दिए हों, ताकि वह बाहर जीभ भी न लपलपा पाए।

"हैलो! कुछ तो बोलो। गूँगा मसान बनकर ही खड़े रहोगे क्या? शरमाना मुझे चाहिए, शरमा तुम रहे हो?"

"नै-नै, मतलब क्या बोलूँ! कऽऽऽकऽऽऽक कुछ समझ ही नहीं आ रहा है।"

"गजब ढा रहे हो! सलवार-कुरती पहनकर निकल जाओ, अब हम तुम्हें छेड़ने आ रहे हैं।"

"अरे नै-नै!"

"क्या नै-नै? आँखों में आँसू भरकर जिस दिन से कहकर गए हो, उसी दिन से सो नहीं पाई हूँ, सिर्फ तुम्हारा इंतजार चौबीसों घंटे रहता था, कब तुम आओगे, कब तुमसे मिलूँगी? फिर सोचा, तुम कहीं इतने नाराज तो नहीं हो गए कि अब कभी मिलने भी न आओ? एक ग्लानि थी, जो हर बार, बार-बार मुझे खाए जा रही थी, मैंने उस दिन आपसे अच्छा व्यवहार क्यों नहीं किया? अगर तुम कुछ रोज और न आते, तो शायद मेरे मरने की खबर तुम्हें जल्दी मिल ही जाती।"

"ऐसा मत कहो, ऋतु! तुम्हारे बिना जीना···"

इसी बीच अमित आ गया, "अरे विक्रम भाई, तुम्हारी ही चर्चा हो रही थी।"

ऋतु बात बदलते हुए, "आप भैया से बात कीजिए। यदि समय मिले तो ग्राउंड आइएगा शाम को चार बजे, अपने सर से आपकी बात करा दूँगी।"

विक्रम उसी अंदाज में (ताकि अमित कुछ समझ न सके), "जी बिल्कुल, जब कभी मेरा उस तरफ आना होगा, तब जरूर आऊँगा।"

"···और अमित, फिर आज का दिन कैसा रहा?"

"बढ़िया रहा। पापाजी के साथ रेखा के लिए लड़का देखने गए थे हम लोग। खाते-पीते परिवार के लोग हैं। अच्छी जमीन-जायदाद है। बात पक्की करके आ गए। अब ऋतु के लिए और अच्छा लड़का मिल जाए, सरकारी नौकरीवाला नहीं तो अच्छा व्यवसायी हो। दोनों की एक साथ इसी साल शादी करनी है।"

"अरे वाह! यह तो अच्छी बात है। मैंने सोचा कि तुमसे मिलता चलूँ और

बता दूँ, वरना तुम लोग सोचोगे, झटका मार दिया। आज थोड़ा घर में काम है, इसलिए जल्दी जाना है। मैं निकल रहा हूँ, कल मिलते हैं।"

"अरे बैठो यार, काम-धंधे तो लगे ही रहते हैं।"

"नहीं यार, आज जल्दी है, कल पक्का।"

इतना कहकर विक्रम वहाँ से चला जाता है, लेकिन उसे लगता है, जैसे अमित का एक-एक शब्द दिल को चीर रहा हो।

आँखों में आँसू लिये, परिस्थितियों से बेबस होकर विक्रम सोचता है, 'काश! आज मेरा भी व्यवसाय होता या सरकारी नौकरी होती तो ऋतु से मेरी शादी हो जाती। सरकारी नौकरी इतनी आसानी से नहीं मिलती, तैयारी करनी होती है। जब तक मैं तैयारी करूँगा, तब तक ऋतु की शादी हो चुकी होगी, यह सच है। आज ऋतु मुझसे बहुत प्यार करती है और वह घर में बगावत करके मुझसे शादी भी कर लेगी। लेकिन क्या मुझे अधिकार है कि जो उसने प्यार से अच्छे परिवार के सपने देखे हैं, उन्हें अपनी परिस्थिति की आग में झोंक दूँ? मेरा क्या हक बनता है किसी के सपने छीनने का? फिर प्रत्येक माँ-बाप अपनी लड़की का परिवार समृद्ध ही देखना चाहते हैं। जब मैं किसी के सपने पूरे करने योग्य नहीं तो किसी के सपनों की हत्या करके खुद स्वार्थी कैसे हो जाऊँ? काजल कहती थी कि प्यार सिर्फ खुशियाँ लेने का नाम नहीं होता, वह तो हमेशा खुशियाँ बाँटता चला आया है। मैं जानता हूँ कि मुझे अब अपने आप से भी लड़ना होगा, तो क्या मैं कमजोर हूँ? लड़ूँगा। दिल अगर हाथों की ये उँगलियाँ होता तो आज ही पत्थर से कुचल देता। फिर न दिल होता, न दर्द होता।

'सॉरी ऋतु! मैंने तुम्हारे साथ गलत किया। हो सके तो माफ कर देना।'

□

भाग-15

वक्त गुजरने में समय नहीं लगता, देखते-ही-देखते छह माह बीत गए। गाड़ी एकदम पटरी पर चल रही थी कि एक दिन शहर का नामचीन गुंडा रवि बिल्वारिया अपने दो साथियों के साथ घर आया, वह चार खून कर चुका था, जिनमें से तीन में गवाह न मिलने के कारण कोर्ट उसे बरी कर चुका था। चौथे खून की सजा होने पर उसने पैरोल ले ली थी। वह अपने जीवनकाल में दूसरी बार ही घर आया था। मामाजी के साथ पढ़ने की वजह से मम्मी को दीदी और पापा को जीजाजी कहकर संबोधित करता था। आकर उसने पापाजी के पैर छुए।

"अरे रवि! भोत दिना बाद आए। आओ बैठो।" पापा ने कहा, साथ ही मम्मी को आवाज देकर उसके आने का बताया।

रवि बोला, "जीजाजी, आज हम विक्रम सें मिलबे आए हें, ओकी तारीफ सुनकें। आजकल शहर में बड़ो नाम चल रव हे ओको।"

"अरे नै भैया रवि। बो तो भौतई सीधो-सादो हे। कबऊँ नजर उठाकें नैं देखत आए। जेमें हमाई तो परछाईं तक कबऊँ नैं दबात। कौनों नें गलत जानकारी दे दई है तुमें।"

"जीजाजी! का हम अपने भनेज सें मिल बी नैं सकत?"

"खूब मिलो। बातचीत करो। हम इते सें चले जा रये, नैं तो वो हमाये सामने कोन आहे।"

"ठीक है गुरु। हम दो मिनट बात करकें चले जेहें।"

पापाजी के जाने के बाद विक्रम अपने कमरे से बाहर हॉल में आकर—

"मामाजी, नमस्कार।"

"आओ भानजे। भौतई ऊधम कर दओ तुमनें तो?"

"काय मामा, का हो गओ?"

"अब मामा खों ममयावरे की नें बताओ। जा के रये हें या तो बयान बदल दियो या फिर कंप्लेंट वापस ले लो? तुमाओ जो खर्च भओ हे, वो हम दे देहें।"

"मामाजी···"

बीच में टोकते हुए रवि ने कहा, "ऊँहूँ, मना करबे की गलती नै करियो।"

रवि के साथ आए व्यक्ति ने अपनी बात रखते हुए कहा, "आपकी प्राइवेट नौकरी भी लगवा देहें। चार हजार रुपैया महीना मिलहें। जिंदगी आराम सें कट है।"

"मामा। हमें थोड़ो सो सोचवे को मौका देओ।"

"सोच लो अच्छे सें। हम परसों फिर आहें। जय रामजी की।"

एक तरफ गुंडा गया, दूसरी तरफ पिताजी आ गए और गुस्से में बोले, "आजकल हमाये घरे गुंडा-बदमाश तक आन लगे हें। भगाओ इस हरामखोर, बेशर्म खों घर सें। पूरो मोहल्ला देख रओ हतो। आज येकी वजह से जिंदगी भर की बनी-बनाई इज्जत पानी में मिल गई। का सपने देखे हते और जो का निकरो। (माँ की तरफ इशारा करते हुए) हम के रये हें, एखों भगा दो घर में सें। नै तो आज जे गुंडा-बदमाश आए हें, कल खों जो ये घर के लानें चोर-डाकुओं को अड्डा बना देहे। हम सबखों घर बाहर निकार देहें।"

विक्रम बिना कुछ बोले ही गुस्से में घर से बाहर जाने लगता है···

"हमने कई ती, एके तो पाँव भी घर में कौन टिक हें, अब जा रओ हुइए, चोर-बदमाशों के संगे बैठबे। ऐखों घर में अच्छो नैं लगत। अब अपने संगतियों के संगे बैठकें, गाँजो नें फूँक हे। हे भगवान्! कैंसो नालायक मोड़ा दे दओ हमें? हमाये घर में जो आतंकवादी आय पैदा हो गओ, ऐसें अच्छो तो होतोई नें। कम-से-कम जे दिना तो नें देखने परते। करम फूट गए हमाये तो।"

विक्रम सीधा शिवेंद्र के घर पहुँचकर घटना बताता है तो शिवेंद्र कहता है, "क्या प्लान है?"

"शिवेंद्र, जो हमने आज महसूस किया है, उससे यह क्लियर हो गया। अब समस्या बढ़नेवाली है, लेकिन अभी यह बात परेशान कर रही है। परसों रवि फिर

आएगा। पापाजी को अभी तक कोई जानकारी नहीं है, अगर उन्हें पता चल गया तो जीना हराम कर देंगे। उन्होंने तो आज ही हमें आतंकवादी घोषित कर दिया है। अब तुम सोचो, हम घर निकल रहे हैं, रात का समय है, यदि लेट हुए तो फिर भूकंप आ जाएगा।"

"ठीक है, कल मिलते हैं।" तभी शिवेंद्र का छोटा भाई चीकू आ गया।

"अरे विक्रम भैया! थोड़ी पर्सनल बात करनी है।"

"हाँ, हाँ। बताओ।"

"भैया के सामने नहीं, अकेले में आओ।"

शिवेंद्र से दस कदम दूर जाकर—

"चलो, अब बताओ।"

"ऋतु दीदी बहुत रो रही थी। बोल रही थी, आप अच्छे आदमी नहीं हैं। उनकी यह चिट्ठी एक महीने से आपको देने के लिए ढूँढ़ रहा हूँ। मैंने आपका घर नहीं देखा, वरना घर आ जाता। वैसे भी मम्मी-पापा, भैया, हमें घर से दूर जाने नहीं देते, आप यह पढ़ लेना।"

"अच्छा चीकू। यह लो सौ रुपए, तुम्हारे खर्च के लिए।"

"नहीं भैया, आज नहीं चाहिए।"

"क्यों, आज क्या हो गया?"

"आज भी दीदी को देखा था तो उन्हें देखकर मन खराब हो गया। मैं जा रहा हूँ, आज पैसे नहीं लूँगा। एक बात और, मुझे पक्का पता नहीं है, लेकिन अमित भैया कह रहे थे, अगले महीने रेखा दीदी और ऋतु दीदी की शादी है।"

चीकू इतना कहकर बिना पैसे लिये ही चला गया। विक्रम भी दिल की गहराई में डूबकर छोटे-छोटे कदमों से चलना शुरू कर देता है। थोड़ी दूर चलकर ऋतु की चिट्ठी जेब से बाहर निकालकर पढ़ना शुरू कर देता है—

पता नहीं, तुम्हारे मन में क्या चल रहा है? मुझे बातचीत करने का कोई अनुभव नहीं है। बचपन से ही जो मन में आता था, सो बोल देती थी। कभी किसी ने मेरी बात का बुरा माना ही नहीं। दूसरी बार मैं शब्दों को सँभालकर नहीं बोल पाई, मुझे माफ कर दीजिए। मैं बोलना सीख लूँगी। बस, तुम्हारे बिना जीना शायद न सीख पाऊँ। अब हर एक बात याद आती है, तुम्हारा

मेरे पीछे-पीछे स्कूल तक जाना और आना, घंटों मेरे भाई के साथ दरवाजे के सामने बैठे रहना। जैसे ही कोई आहट होती है तो लगता है, तुम भाई के साथ बैठे हो और मैं पागलों की तरह दौड़कर देखने को आ जाती हूँ, मगर सिर्फ तुम नहीं दिखते। बस आखिरी बार माफ कर दो। पूरे जीवन भर कोई शिकायत का मौका नहीं दूँगी।

क्या लिखूँ, कुछ लिखना भी तो नहीं आता। तुम समझ जाना, मेरे हालात।

—ऋतु

पत्र की जगह दिल रखकर भेजा था ऋतु ने। विक्रम रोना नहीं चाह रहा था, मगर आँसू बेईमानी पर उतर आए थे। दिल रो रहा था, जीवन जैसे कठिन परीक्षा ले रहा हो। ऐसा लग रहा था, जैसे पूरा जीवन ही निरर्थक हो। जैसे जीवन-प्रत्याशा का अंत हो गया हो। दुनिया रहे या न रहे, मैं रहूँ या न रहूँ, किसी को क्या फर्क पड़ता है। पैर रास्ते के मोड़ पर मुड़ने ही वाले थे, अचानक एक पत्थर गोली की तरह कान के बाजू से सन्न से होकर निकल गया और जाकर इतने जोर से एक दरवाजे पर लगा कि लकड़ी अंदर घुस गई। पत्थर की तेज आवाज से आजू-बाजू के तीन-चार घरों से एक साथ आवाजें आनी शुरू हो गईं, "कौन है, कौन है!" विक्रम ने दौड़कर पीछे जाकर देखा तो कुएँ पर चार लोग बैठे बीड़ी पी रहे थे।

विक्रम ने पूछा, "पत्थर किसने मारा है?"

"कौन सा पत्थर? (बेरुखी से कुटिलतापूर्वक देखते हुए) हम लोग तो यहाँ बैठे बीड़ी पी रहे हैं।"

"हमें आप लोगों से कोई शिकायत नहीं है कि आपने पत्थर क्यों मारा? बस, इतनी शिकायत है कि निशाना कैसे चूक गया? मैं यहीं खड़ा हूँ, आप पत्थर उठाओ और मारो मुझे। मैं खुद जीवन से तंग आ गया हूँ। तुम्हें कसम है, तुम्हारे माँ-बाप, भाई-बहन, बच्चों की। यदि उन्हें चाहते हो तो मार दो मुझे।"

"अरे भैया! नैं बैठन देनें तो नैं बैठन दो, चलो रे।"

"अरे सुनो तो (भावुक होकर एक का हाथ पकड़कर), मार दो मुझे।"

चारों ने भागना शुरू कर दिया।

"अरे मत भागो, मारो मुझे।"

सभी भाग गए। विक्रम अपने घर वापस आ गया।

उन चारों के लीडर ने एक फोन किया, "साहब, विक्रम को पत्थर तो मारा था, लेकिन जरा सा निशाना चूक गया, अब वह हम लोगों को पहचान गया है। बहुत ही खतरनाक आदमी है। हम लोग तो किसी तरह अपने आप को बचा लेंगे, आप अपना खयाल रखिएगा।"

□

भाग-16

"संगठन को ढाई लाख रुपए सालाना चंदा देता हूँ, आप लोग मेरी इतनी भी मदद नहीं कर सकते। ऊपर तो मेरी पूरी सेटिंग हो गई है, लेकिन दुर्भाग्य से यदि फाइल आ गई तो उसकी भी पूरी तैयारी होनी ही चाहिए।" फोन पर ये बातें ड्रग ऑफिसर प्रमोद तिवारी से कर रहा था। प्रमोद किसी पार्टी का बड़ा नेता था। नेता बनने से पहले वह चोरी किया करता था, मगर अब वह शरीफ है। उसकी कद-काठी, डील-डौल भैंसे जैसा, कोयले के जैसे चेहरे पर चमकती दो लाल-लाल आँखें और सफेद दाँत। इसकी राजनीति के पीछे उसका छोटा भाई कमोद था। उसने दो कत्ल किए थे, लेकिन सबूतों के अभाव में अदालत ने उसे बरी कर दिया था। अदालत को यह पता होता है कि कौन अपराधी है, कौन नहीं ? लेकिन साक्ष्य व सबूत, उसके हाथ-पैर बाँध देते हैं, फिर कुछ लोग उसके कपड़े उतारकर नग्नावस्था में छोड़कर चले जाते हैं। ड्रग ऑफिसर से बात करते हुए प्रमोद ने कहा, "साहब, आप चिंता न करें, विक्रम के पिताजी से मेरे अच्छे संबंध हैं, उन्हें बुलाकर समझाता हूँ, या तो आपका लड़का बयान बदल दे या कंप्लेंट वापस ले ले।"

ड्रग ऑफिसर ने कहा, "सिर्फ दो दिन का समय है, हमारा पूरा काम कर दीजिए, वरना मैं समझूँगा, आपके बस का काम नहीं है। दो दिन बाद आपसे इस विषय पर कोई बात नहीं होगी।"

प्रमोद अपने साथी रसगुल्ले (प्रमोद के गुर्गे का नाम) को बुलाते हुए, "रसगुल्ला, जल्दी जाओ और देवनारायण (विक्रम के पिताजी) काका को अपने साथ ले के आओ, चौराहे पर होंगे।"

"हओ मालक।"

रसगुल्ले को पास ही चौराहे पर देवनारायण काका मिल गए। उनसे कहा, "काका, आपखों प्रमोद भैया ने बुलाओ हे।"

"अरे, काय? का हो गओ? हमसें का काम पर गओ?"

"हमें कछु पता नैया। बेई बताहें, का काम हे।"

"अच्छा तो चलो।"

"प्रमोद भैया, देवनारायण काका आ गए।"

"उनखों बाहर काय खड़ो कर दओ, अंदर लेकें आओ।"

"आओ काका, बैठो। रसगुल्ला, जाओ, जल्दी काका खों गाजर को हलुआ और चिरौंजी की बरफी लेकें आओ।"

"हओ मालक।"

"और घर में बाल-बच्चे सब ठीक हें काका?"

"हओ भैया, सब आपई ओरों की कृपा हे।"

रसगुल्ले ने टेबल पर हलुआ और बरफी रखते हुए पूछा, "मालक, और का ले आनें।"

"हम बुला लेहें जो चाने हुइए। अबे हम काका सें जरूरी बात कर रये हें, तुम जाओ और बीच में कोई डिस्टर्ब नें करियो।" रसगुल्ला चला जाता है।

"आज तो पैली दफा बड़ी आवभगत हो रही है, प्रमोद भैया। लगत है कोनऊँ जादई बड़ो काम हे?"

"काका, आप हमाये घर के बड़ों जैसे हो तो कबऊँ तो अधिकार बनत हे सेवा करबे को। काका, और का बुलवाएँ।"

"बस भैया, पेट भर गयो इतनै में। अब जा बताव के हमसें का काम पर गओ तुम्हें?"

"काका, बात कमोद भैया के पास आई हती, मगर हमनें कई के काका अपने घर के आएँ, सो हम बुलाकें उनखों प्यार सें समझाए दे रये, तुम कछु नें करो।"

"ऐंसी का बात हो गई, प्रमोद भैया?"

"अरे काका, अब हमसें नें बनों! आप तो ऐसें कर रये, जैसे कछु पतई नें होए।"

"नैं प्रमोद भैया, हमें कौनों जानकारी नैयाँ।"

"काका, तुमाये मोड़ा नें इतनों बड़ो कांड कर दओ और तुम्हें कछु पता नैयाँ।"

"ऐसों का कर दओ ओनें, जोन की जानकारी सबखों हे, बस हमें नैयाँ? प्रमोद भैया, तनक पूरो मामला समझाओ हमें। आखिर बात का है?"

"अरे! जो गजबई हो गओ काका के आपखों अपने मोड़ा की जानकारी नैयाँ के का कांड करें बेठें हे! ओने एक भौत बड़े अधिकारी खों रँगे हाथों रिश्वत लेत पकड़वा दओ और जा बात कमोद भैया के पास आई हती के विक्रम खों ठिकाने लगवाने हे, येईसें हमने आपखों बुलाओ आहे, के आपखों समझा दयें।"

"जो तो आपने भौतई अच्छो करो प्रमोद भैया, जो आपने हमें इतनों सब बता दओ। बई हम सोचें के आजकल सब-के-सब, अचानक चार-छह महीनों सें इतनी खातिरदारी और सम्मान काये दे रये हमें। जो आदमी कबौं ठीक सें मों नें बोलत ते, बे आजकल, जहाँ देखो उते गुरु-गुरु, काका-काका काय चिल्लात फिर रये। ए के पीछें जो राज आय हतो। हरामखोर खों हम देखत हें आज।"

"फिर काका, कमोद भैया सें का कें दयें।"

"जो समझ में आए, सो के दो, ओमें का है।"

"नै, हम जा केवो चाह रहे हैं काका, अगर कमोद भैया के हाथ में जो मामलो चलो गओ, तो कोनऊँ अनर्थ नें हो जाए। वे फिर अपने हिसाब से डील करहें, जोन में नुकसान हो सकत है।"

"अच्छा प्रमोद भैया, आप सही के रये हो, मगर एक सवाल को जवाब देओ हमाये।"

"पूछो काका, का सवाल है?"

"कमोद भैया और उनके साथी हर रोज कितनों दूध पियत हें?"

"काका, जे मोड़ी-मोड़ों के काम आएँ। अब कौनऊँ की उमर नैयाँ दूध पीवे की।"

"विक्रम पाँच लीटर दूध पियत है, चार घंटा अखाड़े में रेत है, हमें तो पतई नें हती के ओके इतने बड़े हाथ-पाँव निकर आए हें। तुमसें पता चली। खैर; कोनऊँ कारण तो हुइए? जोन की वजह सें ओने इतनो बड़ो कदम उठा लओ।

अरे, जो हमाई परछाईं से डरत हे, ओनें हमें पता तक नैं चलन दई।" (हँसते हुए) हा हा हा।

"काका, आप तो जा बता दो, अब हमें का करो चैये? नैं तो पूरी जिम्मेदारी अब आपकी हुइए। हम सें फिर जा नें कईओ के गलत काये हो गओ?"

"प्रमोद भैया, आपने कई है, सो हम तो कोशिश कर हेंई, मगर ओखों छेड़बे की कोशिश ने करिओ, बो हमाओ मोड़ा आए। भौतई ईमानदार और निडर लड़का है। हम अच्छे सें जानत हें, बो का हे। कऊँ वो सनक गओ, तो पूरी गुंडागिर्दी, राजनीति, सूखे पत्तों के जैसी, मिट्टी में मिल जेहे। आपकी बात हम रख रये हें, जाकें, कोशिश करत हें।"

"काका, आप एक काम करो, हमाये पास भेज दो, सो हम समझाए दे रयें, फिर मान हे तो ठीक हे और नें मान हे तो ठीक हे।"

"हओ भैया, घरे जाकें देखत हें।"

देवनारायण घर पहुँचकर—

"अरे विक्रम की माँ, विक्रम कहाँ गओ?"

"पता नैं। बो तो सबेरेई सें घरे नैंयाँ।"

(तलवार निकालकर) "विक्रम की माँ, लेओ जा याँ हमाई गरदन काट लेओ।"

माँ ने पूछा, "काये? का हो गओ? जा नौटंकीबाजी काये कर रये?"

"जा नौटंकी नोंईं। साँची-साँची आय। ले भवानी, काट ले हमाई गरदन, पी जा हमाओ खून। ले भवानी, बलि ले ले हमाई, लील जा हमें। नैं तो हम जा रये, ट्रेन के नेचें जा कें सो जेहें। कैंसो पापी, रावण पैदा कर दओ, जोन बड़े-बड़े कांड करत फिर रओ हे।"

"काये? अब का कर दओ ओनें?"

"अरे कछु नें पूछो, का कर दओ। हमाये तो पिछले जनम के कर्मई खराब हुइएँ। जो तुमाओ मोंड़ा हमाये पापों को पुनर्जन्म आय।"

इसी बीच घर के बाहर से आवाजें आती हैं—"काका, काका!"

"हाँ, रसगुल्ला भैया।"

"प्रमोद भैया के रये, जल्दी भेज दो विक्रम खों।"

"अबे तो घरे नैयाँ बो। जब आहे सो भेज देहें।"

थोड़ी देर बाद ही रसगुल्ला दस-बारह लड़कों के साथ दोबारा घर पहुँच जाता है और कहता है, "काका, प्रमोद भैया ने कई हे संगे लेकें अइओ।"

"चलो आओ हमाये संगे, हम भी इंतजार कर रये, हमाये संगे तुमोरों भी करो।"

"काका, कहाँ चलनें ?"

"अरे आओ तो हमाये संगे, जा नें पूछो कहाँ चलनें हे, चले आओ पीछे-पीछे।"

सभी विक्रम के पिता के साथ चले जाते हैं।

इसी दौरान विक्रम घर पहुँचता है। माँ और छोटी बहन की आँखों में आँसू देखकर पूछता है, "क्या हुआ ?"

माँ कहती हैं, "कोई प्रमोद भैया हें, उनके आदमियों के संगे पापा गए हें, वे ओरें तुम्हें ढूँढ़ रये ते, पापा ये बात खों लेकें भौतई परेशान हें।"

विक्रम शांति से माँ की बात सुनकर जाने लगता है तो माँ कहती है, "कहाँ जा रये हो अब ?"

"कहूँ नैं। अबई आ रये, तुमोरें चिंता नें करो। अबई सब ठीक भओ जा रओ।"

इतना कहकर घर से चला जाता है और रास्ते में एक मेडिकल स्टोर से नींद की एक साथ पचास गोलियाँ खरीदकर आगे बढ़ जाता है। एकांत पाकर सभी नींद की गोलियाँ पैकिंग में से बाहर निकालकर एक कागज में रख लेता है। इसके बाद सीधे कमिश्नर ऑफिस पहुँचकर प्यून को परची थमाते हुए कहता है, "कमिश्नर साहब से बोल दीजिए, इसी वक्त मिलना है, बहुत जरूरी काम है।"

प्यून केबिन से बाहर आता है और कहता है, "आप अंदर चले जाइए। साहब बुला रहे हैं।"

विक्रम केबिन में जाता है, "मे आई कम इन सर!"

"आओ विक्रम, बैठो। बताओ क्या काम है ?"

"सर, कुछ सवालों के जवाब चाहिए थे आपसे, इसलिए चला आया।"

"हाँ पूछो, क्या पूछना चाहते हो ?"

"सर, क्या जो व्यक्ति पुलिस की मदद करते हैं, उनके प्रति पुलिस का कोई उत्तरदायित्व बनता है?"

"सौ प्रतिशत बनता है, विक्रम!"

"सर, आपको पता है, मैंने भी आप लोगों की कुछ मदद की है, फिर आज तक मुझे पुलिस का सपोर्ट क्यों नहीं मिला?"

"हाँ-हाँ, बताओ, क्या सपोर्ट चाहिए?"

विक्रम कागज से गोलियाँ निकालकर हाथ में पानी लेकर कहता है, "साहब, ये नींद की गोलियाँ हैं, एक गोली जब गले के नीचे जाती है तो घुलने में सिर्फ ढाई सेकंड लेती है और आदमी चौबीस घंटे के लिए नींद में सो जाता है। ये हैं पचास गोलियाँ। यदि इनमें से मेरे शरीर में पाँच भी घुल गईं तो मेरा बचना मुश्किल हो जाएगा। मुझे लगता है कि यहाँ से अस्पताल पहुँचते-पहुँचते लगभग सभी घुल जाएँगी। किस्सा खत्म हो जाएगा। फिर दो बातें होंगी—एक तो आपके विरुद्ध भी इंक्वायरी की जाएगी और दोषी भी आप ठहराए जाएँगे, जिससे आपकी सामाजिक प्रतिष्ठा तो गिरेगी ही और परिवार छिन्न-भिन्न हो जाएगा।"

"अरे भाई! पहले यह तो बताओ कि आखिर हुआ क्या है, कुछ समझ में तो आए?"

"सर, आज मेरे पिता को शहर के गुंडे टाइप के सम्माननीय नेताजी ने परेशान किया है, सिर्फ दबाव और दादागीरी दिखाने के लिए। अब आपके होते हुए आम जनता और पुलिस के सहयोगियों को यदि कष्ट हो रहा है तो इसका मतलब यही है कि आप लोगों द्वारा उन्हें यह सब करने के लिए खुली छूट दी गई है।"

कमिश्नर साहब ने कहा, "दो मिनट रुको।"

एक फोन लगाते हुए, "एस.पी. साहब, जरा जल्दी ऑफिस आइए।"

कुछ ही मिनट में एस.पी. साहब भी आ जाते हैं। कमिश्नर साहब बैठने के लिए कहते हैं, वे उनके बाजूवाली कुरसी पर बैठते हुए—"जी सर, आदेश करें?"

"एस.पी. साहब, विक्रम की पूरी बात सुनो और इसी वक्त एक्शन लो।"

"जी सर! हाँ विक्रमजी, बताएँ।"

विक्रम पूरी बात एस.पी. साहब को विस्तार से बताता है और कहता है, "साहब, किसी भी काररवाई में मेरा नाम नहीं आना चाहिए।"

एस.पी. साहब सी.एस.पी. को फोन लगाते हुए—"सी.एस.पी. साहब, प्रमोद तिवारी मेरे आदमी को परेशान कर रहा है। एक काम करो, वह दो नंबर की शराब, जुआ, सट्टा यह सब करता है। इसी काररवाई में उसकी ऐसी बारात निकालो कि गुंडागर्दी करना भूल जाए।"

"जी, सर!"

दस मिनट में पुलिस प्रमोद तिवारी के घर पहुँचती है और एक-एक को पकड़कर मारना शुरू कर देती है। प्रमोद लुंगी पहने भागता है और जाकर सूखी पड़ी नाली में लेट जाता है, पुलिस नाली में से बाहर निकालकर घसीटती हुई थाने में ले जाती है और देर तक प्रमोद पूजा में व्यस्त हो जाती है।

कमिश्नर साहब कहते हैं, "विक्रम, अब निश्चिंत हो जाओ। तुम्हारे लिए सिक्योरिटी के लिए लिख दिया है। चाहो तो कभी भी ले सकते हो। प्रमोद अब कभी भी तुमसे नहीं बोल सकता, आप बिल्कुल निश्चिंत होकर जाइए।"

"जी सर, यदि फिर कोई दिक्कत हुई तो ये नींद की गोलियाँ खाकर ही आऊँगा।" इतना कहकर विक्रम चला जाता है।

□

भाग-17

तीली से जलाई गई आग को फूँक मारकर बुझाना आसान है, लेकिन शब्दों से शरीर में लगी आग को बुझाना बहुत मुश्किल होता है। एक रोज छात्रों के बड़े नेता आशुतोष विक्रम को रास्ते में रोककर कहने लगे, "विक्रमजी, खूब काररवाइयाँ करवा लीं, लेकिन अब कुछ होनेवाला नहीं है। क्योंकि लॉ डिपार्टमेंट यदि कोई फाइल ग्यारह महीने तक पेश नहीं करता तो केस पर खात्मा लग जाता है, फिर दस माह तो हो चुके हैं। अब आपका काम खत्म हो गया समझो।" इस पर विक्रम ने कहा, "धन्यवाद आपका, जो समय रहते हमें सूचित कर दिया। अब देखते हैं, क्या होता है।" इतना कहकर विक्रम घर चला आया। देखा तो माँ, छोटी बहन मधु और छोटू सभी की आँखें आँसुओं से भरी थीं।

"क्या हुआ ?" विक्रम ने पूछा।

"देखो, जा चिट्ठी आई है।" मधु ने कहा।

विक्रम ने चिट्ठी हाथ में लेते हुए पढ़ा—

प्रिय विक्रम, तुम्हारी हस्ती किसी कीड़े-मकोड़े से कम नहीं है। तुम्हें मच्छर की तरह फिनिट छिड़ककर खत्म कर देंगे। मैंने जान लिया है कि तुम्हारे परिवार की क्या स्थिति है। तुम्हारे हाथ-पैर, गरदन कटवाकर अलग-अलग पीस में अलग-अलग शहरों के जंगलों में फिंकवा दिए जाएँगे। बस यही छोटा सा काम तुम्हारे साथ होगा और कुछ नहीं। कम को ज्यादा समझना। बेटा, बयान की हमें जरूरत नहीं पड़ेगी।

"अरे यार, तुमोरें तो छोटी सी बात में घबरा गए। कुछ नहीं होनेवाला। परेशान होने की जरूरत नहीं है। दिमाग से सोचो, जो कानूनी शिकंजे में फँसा

हो, वह ऐसी हरकतें करके अपना पक्ष कमजोर नहीं कर सकता। यह उसके किसी विरोधी का काम है। दोबारा यदि ऐसी कोई चिट्ठी आए तो गलती से भी खोलकर मत पढ़ना।"

दूसरी तरफ ड्रग ऑफिसर लगातार हर तरह के हथकंडे अपना रहा था। उसने अपने विशिष्ठ सहयोगियों की बैठक नगर के समृद्ध उद्योगपति संपत सिंह के घर पर करते हुए कहा, "आप लोगों ने जब भी सामाजिक संस्था के लिए जितना भी चंदा देने को कहा, मैंने आधी रात में पहुँचाया है। अपनी जिंदगी हमेशा मैंने राजाओं की तरह जी। कभी दुःख का नाम नहीं जाना, लेकिन इस लड़के ने मुझे खून के आँसू रुला दिए हैं। मुझसे यदि कोई गलती हुई हो तो माफी चाहता हूँ, मेरी मदद करो। आप जो कहोगे, वह मैं करूँगा।"

साथ में बैठे बेनीलाल, निहाल चूना, जेठामल, सुरेंद्र अजगर में से जेठामल ने कहा, "आपके बारे में अखबार में पढ़ा था, बहुत दुःख हुआ जानकर कि एक सज्जन आदमी के साथ किसी दुष्ट ने गलत कर दिया। इतने दिन हो गए, यदि पहले ही आपने हमें बता दिया होता तो अभी तक किसी भी तरह यह मामला सुलझा लिया गया होता, लेकिन देर आए दुरुस्त आए, आप बिल्कुल चिंता न करें, हम सब मिलकर आपके इस कष्ट को दूर कर देंगे। क्या कहते हो, सुरेंद्र भाई?"

"आपने बिल्कुल ठीक कहा, जेठामलजी! सब आपस में निपट जाएगा, चिंता छोड़ दें आप।"

निहाल चूना ने कहा, "ऐसे कैसे निपट जाएगा? सुना है, वो लड़का किसी को हाथ नहीं रखने दे रहा है! अगर ऐसा है तो फिर बात उलझी ही रहेगी।"

"समाधान तो करना ही होगा, वरना कल को शहर के दूसरे लोग भी हाथ-पैर चलाने से नहीं रुकेंगे।"

अपनी बात वजनदारी से रखते हुए संपत सिंह ने कहा, "दो ही रास्ते हैं—पहला प्यार से पुचकार लो या दूसरा खत्म करवा दो। दस हजार में कोई भी निपटा सुलझा देगा। मेरे हिसाब से प्यार से पुचकारने और डरा-धमकाकर मनाने का काम जेठामल को सौंप दो। ऐसे कामों में ये बड़े एक्सपर्ट हैं और दूसरा रास्ता तैयार रहे, जिसके लिए सुरेंद्रजी माहिर हैं। फिर आप लोगों की जो राय हो, उसके अनुसार कर लेते हैं, क्या कहते हो?"

"सभी की नजर में यही बेस्ट है। कल सुबह से जेठामल का काम शुरू हो जाना चाहिए।"

दूसरे दिन जेठामल विक्रम को ढूँढ़ते हुए तीनबत्ती पहुँच गए और पूछा, "आप में से विक्रम कौन है?" लोगों ने इशारे से बताया, वे अपने दो साथियों के साथ खड़े हैं।

विक्रम के पास पहुँचकर—"विक्रमजी, मैं जेठामल हूँ।"

"मैं आपको जानता हूँ।" विक्रम ने कहा।

"आपको अपने घर बुलाना चाह रहा था, लेकिन सोचा कि पहले आपसे जाकर खुद मिल लूँ। हम लोग दो मिनट अकेले में बात कर सकते हैं क्या?"

"हाँ-हाँ। क्यों नहीं, चलिए।"

(एकांत में जाकर) "जी बताइए, क्या सेवा कर सकता हूँ आपकी?" विक्रम ने कहा।

"ड्रग ऑफिसर के केस के सिलसिले में बात करनी है।"

"हाँ-हाँ, बोलिए न। कल जब से एक पत्र पढ़ा है, तभी से मैं भी सोच रहा था, किसी-न-किसी से बात करूँ। अच्छा हुआ, जो आप आ गए। बताइए।"

"बस इतना कहना चाह रहा था, यह मामला यहीं खत्म कर दो। आपको जितनी सजा देनी थी, उससे अधिक उसे सजा मिल चुकी है। आज शहर का समझदार आदमी ड्रग ऑफिसर के साथ है, क्योंकि अब उनके साथ अन्याय होने लगा है। आप जीत गए हैं और सब हार गए हैं। यदि हारा हुआ व्यक्ति अपना सिर झुकाए सामने आ जाए, तो भगवान् भी माफ कर देते हैं।"

विक्रम ने सिर झुकाकर कहा, "देखिए, मामला अब कोर्ट में है, मैं कुछ नहीं कर सकता।"

"अरे, आप चिंता न करें। कोर्ट में मुकर जाइएगा। क्या फर्क पड़ता है! हजारों केस हर रोज ऐसे ही निपटाए जाते हैं। यह भी फटाफट ऐसे ही निकल जाएगा। फिर सोचिए, आपकी एक छोटी बहन है, छोटा भाई है, माँ-बाप हैं, इनकी देखरेख भी तो आपको करनी है।"

"आप तो मेरी पूरी हिस्टरी पढ़कर आए हैं।"

"छोटा सा शहर है विक्रम भाई! किसी के बारे में पता लगाना हो तो चंद

मिनट लगते हैं। देखो विक्रम भाई, केस तो खत्म हो ही जाएगा, लेकिन आपको क्या मिलेगा? कुछ दिनों बाद सब शांत हो जाएगा। न तो आपका सम्मान रहेगा और न कोई वजूद। इससे अच्छा यह है कि जो व्यवहार बनाने का तुम्हें मौका गलती से मिल गया, उसे भुनाओ। मेरी बात मानोगे तो अच्छा है, नहीं मानोगे तो भी मुझे कोई फर्क नहीं पड़ेगा। लेकिन मानने में ज्यादा फायदा है, नहीं मानोगे तो हो सकता है, कल को तुम रास्ते में चले जा रहे हो और पीछे से कोई ट्रक कुचलता हुआ चला जाए। लो साहब, काये का केस। सब खत्म, फिर यदि कहीं लड़ने को तुम्हारे पिताजी खड़े हो गए तो शायद यही उनके साथ हो, फिर तुम्हारी माँ और बहन का क्या होगा? मैं तो तुम्हारे भले की बात करने आया हूँ।"

"मुझे खुशी हुई (बिल्कुल शांत मन से विक्रम ने कहा) कि आप मेरा भला सोच रहे हैं। सबसे बड़ी बात यह है (हँसकर) कि आप लोगों ने मेरे बारे में बहुत दूर की सोच भी ली। माँ, बाप, भाई, बहन की भविष्य कुंडली भी बता दी। उससे बड़ी बात यह है कि आप लोगों के पत्र ने मुझे बहुत प्रभावित किया है। पता नहीं किसने भेजा था। मेरी आँखों से आँसू आ गए थे, इतना कष्ट पढ़कर।"

"विक्रम भाई, वह पत्र गलती से किसी अपने में से ही भेजा था।"

"मैं उस महान् मूर्ति के पैर छूना चाहूँगा, जिसने भी भेजा है।"

"वह पत्र सिर्फ ड्रग ऑफिसर को हम लोगों के बीच तक लाने के लिए था, ताकि आप कोई एक्शन लें और वे हम लोगों के पास आएँ।"

विक्रम ने कहा, "अरे वाह! बहुत खूब।" और (बिजली की फुर्ती से) जेब से हाथ निकालकर जोरदार थप्पड़ उसके गाल पर जड़ दिया। एक पल के लिए जैसे दुनिया थम-सी गई हो।

"अब सुन, तेरा एक ही लड़का है, जो इंदौर में पढ़ रहा है, यदि मैं सनक गया तो वह बेकसूर मारा जाएगा। मैं अपने परिवार की तरफ आँखों की पुतलियों में भी किसी वजह से नमी आ जाए तो वह वजह ही खत्म कर दूँ, तुम लोगों ने तो रुला दिया और फिर तूने साले मेरे परिवार के लिए शब्द निकाल दिए। जो-जो भी जीने से उकता गए हों, वो ही मेरे परिवार की तरफ देखें, मैं शपथ लेता हूँ कि

जीते–जी, सबका समूल वंश नष्ट कर दूँगा। मुझे लगता है, तुझे जवाब मिल गया होगा। अब शांति से रहना, दूसरों के फटे में टाँग अड़ाने से अच्छा अपने परिवार को देखना, वरना बिखर सकता है। यह अच्छी बात अपने दिमाग में रख और बिना पीछे मुड़कर देखे निकल जा।"

जेठामल अपने घर पहुँचकर संपत सिंह को फोन लगाते हुए, "संपत भाई, मेरे बस का मामला नहीं है। अब, आप लोग जानें।"

□

भाग-18

समाज और राजनीति, दरअसल जो ऊपर से दिखती है, बस सिर्फ वह ही नहीं है, बाकी सबकुछ है। नदी और समुद्र के पानी को ऊपर से देखकर गहराई का अंदाजा लगा लेना विद्वत्ता नहीं, बल्कि निपट मूर्खता का स्पष्ट संबंध है, यह समझ में आ जाता है।

संपत सिंह ने सुरेंद्र अजगर को फोन पर सारी बातें बताईं और कहा, "सुरेंद्र भाई, विक्रम के किसी से संबंध तो होंगे। जहाँ तक मुझे पता चला है। वह मंत्रीजी के बेटे सरदार सिंह के पास कई बार आया-गया है। वह उसे मानता भी है। सरदार सिंह कई मामलों में बहुत तेज है। फिर उसका दोस्त निकुंज, जिसने थाने में घुसकर पुलिस की पिटाई की थी, उनसे बात कर निपटाओ इस मामले को।"

"जी भाईसाहब, कल ही बात करता हूँ।"

सुरेंद्र मंत्रीजी के बँगले पर पहुँचता है तो उसकी निकुंज से मुलाकात होती है। वह पूछता है, "निकुंज, क्या विक्रम को जानते हो?"

"कौन विक्रम, चाचा?"

"अरे वह, जिसका ड्रग ऑफिसर वाला मामला चल रहा है।"

"उसे तो मैं कॉलेज के जमाने से जानता हूँ। (हँसते हुए) एक बार मेरा विवाद कुलपति से हो गया था, उस समय विक्रम से हर रोज हैलो-हाय हो जाती थी। मैंने उससे कहा, 'विक्रम, दो मिनट मेरे साथ आओ, जरा कुलपतिजी से मुलाकात करनी है।' वह मेरे साथ हो लिया। जब हम कुलपति के निवास पर पहुँचे, तब वे बँगले में बैठे चाय पी रहे थे। मैंने उनसे कहा, 'परीक्षा विभाग से आपने सरदार भाई के लिए पेपर के प्रश्न क्यों नहीं दिए?' तो कहने लगे, 'भाई

मेरे, मेरे जीवन पर दाग क्यों लगा रहे हो ? मैं अपने जीवन में शिक्षा से खिलवाड़ नहीं कर सकता।'

"मैंने सट्ट-सट्ट दो थप्पड़ जैसे ही कुलपति में लगाए, वैसे ही विक्रम, बिजली की तेजी से वहाँ से भाग गया था। फिर दोबारा सरदार भाई के यहाँ ही मिला था। मैंने पूछा, 'क्या यार, बहुत बड़े डरपोक हो, उस दिन तुम मुझे अकेला छोड़कर ही भाग गए।' तब उसने जो कहा था, वह मुझे अच्छे से याद है, 'निकुंज भाई, आप लोगों के बराबर मेरा कलेजा नहीं है। सीधा-सादा, गरीब परिवार से हूँ, जहाँ लड़ने और जूझने की आजादी नहीं है। आप जैसे बड़े-बड़े लोगों की मुट्ठी में सारे कानून और सरकारें पलती हैं, लाठी भी आपकी है और भैंस भी आपकी। मेरे लिए तो भैंस का गोबर भी नहीं है।' उसकी यह बात सुनकर सभी बहुत हँसे थे। इस पर सरदार भाई ने खुश होकर उसी पल उसकी पत्रिका के लिए विज्ञापन देते हुए तत्काल पेमेंट भी किया था। फिर हम लोगों की मुलाकात नहीं हो पाई।"

सुरेंद्र ने कहा, "निकुंज भाई, यह ड्रग ऑफिसर वाला केस सुलझाना ही है, अपने ही आदमी का मामला है। किसी भी तरह, जैसा कहोगे, वह हो जाएगा।"

"निपट जाएगा। सरदार भाई से बात कर लो, मेरे उस केस की वजह से शायद विक्रम मेरी बात पर यकीन न करे।"

"निकुंज भाई, आप सरदार भाई के ज्यादा क्लोज हो। मेरे पारिवारिक संबंध हैं उनसे। सरदार मुझे चाचा कहकर पैर छूता है। मैं कहूँगा तो अच्छा नहीं लगेगा, मैं उसके पापा से बात कर लूँगा। तुम मेरा रिफरेंस देकर उससे कहना कि चाचा ने कहा है, किसी भी कंडीशन में यह काम होना ही चाहिए।"

"हाँ, ठीक है चाचा, आप निकल जाइए। जैसे ही सरदार भाई ऑफिस में आएँगे, मैं बात कर लूँगा।"

सरदार सिंह जैसे ही ऑफिस में आया, वैसे ही मिलनेवालों की भीड़ ने उसे घेर लिया। दरअसल यह भीड़ किसी आम आदमी की नहीं थी, उन लोगों की थी, जिनके काम सोर्स से होने हैं। जनता का प्रतिनिधि होकर मंत्री पद तक पहुँचने के लिए कई समझौतों के बीच से होकर गुजरना पड़ता है और हर एक समझौते की कोई-न-कोई कीमत होती ही है, वह भी सिर्फ ईमानदारी को छोड़कर। आज

के युग में मंत्री पद तक का सफर ईमानदारी से शुरू होने की कल्पना करना ही खुद के साथ छल करने जैसा है। उँगलियों पर गिने जानेवाले ईमानदार का एक पद राजनीति में समानता के कद के बराबर नहीं माना जाता। भीड़ से फ्री होने के बाद, गिने-चुने दोस्तों के बीच निकुंज सरदार सिंह से कहता है, "सरदार भाई, आज सुरेंद्र चाचा आए थे।"

"जरूर कोई लफड़े का काम लेकर आए होंगे।"

"हाँ। (याद दिलाते हुए) आपके पास वह एक लड़का आया था, विज्ञापन लेने, विक्रम नाम का। उस समय हम सभी लोग बैठे थे।"

"हाँ-हाँ, जो आपके साथ कुलपति के यहाँ गया था।"

"हाँ, वही। ड्रग ऑफिसर को उसी ने निपटाया है।"

"क्या कह रहे हो यार, वह तो बड़ा सीधा-सादा लड़का है! एक मामूली से लड़के ने निपटा दिया। बहुत आश्चर्य की बात है। उससे बड़ा आश्चर्य यह है कि मामला अभी तक सुलझा भी नहीं है।"

"मामला तो सुलझ जाता, लेकिन वह किसी को हाथ ही नहीं रखने दे रहा है। सुरेंद्र चाचा बोल रहे थे, बहुत ही अड़ियल और टेढ़ा है। वे यह भी बता रहे थे कि जेठामलजी को उसने दो थप्पड़ चिपका दिए हैं, जिसके बारे में जेठामलजी ने तो नहीं बताया, मगर कुछ लोगों ने सुरेंद्र चाचा को बताया था। इसलिए जेठामलजी ने अपने हाथ खींच लिये।"

सरदार सिंह ने कहा, "यह तो ज्यादा ही बड़ी बात हो गई। इतना सबकुछ होता रहा और साल भर बाद हम लोगों को यह बता रहे हैं। खैर, पूरी बात कर लो, फिर फार्म हाउस पर बुला लो। यदि बात बनती है तो ठीक है, वरना जंगल में शिकार खेलने चलेंगे। हम पीछे-के-पीछे निकल आएँगे, तुम लोग सँभालते रहना।"

"यह अच्छा है। उसका पता करके उसे साथ में ले आऊँगा।"

इधर विक्रम के घर पर विक्रम से शिवेंद्र ने कहा, "वर्तमान की घटनाएँ अप्रत्याशित नहीं हैं। यह संकेत है कि आनेवाला समय ठीक नहीं है और इसे लड़कर नहीं, बल्कि बौद्धिक कौटिल्य से सुलझाया जा सकता है, और यदि यह समय निकल गया तो समझो बलाएँ टल गईं।"

"अरे यार, जहाँ तुम्हारे जैसे दोस्त हों, वहाँ यह छोटी-मोटी बातें हैं।"

"अरे गुरु! मेरे बस की बात नहीं है। दूर भले की राम-राम। वैसे मेरी माँ कह रही थी, कुछ दिनों के लिए विक्रम से मिलना-जुलना छोड़ दो, वरना कोई नई मुसीबत अपने गले और न पड़ जाए, सो हम तो चले। अब जब तुम्हारा केस निपट जाएगा, तभी मुलाकात होगी।"

"क्या बात कर हो, शिवेंद्र! इस पूरे मामले से हम खुद अपने सभी मित्रों को दूर रखे हैं, लेकिन यार, शुरू में तो बड़ी डींगें हाँक रहे थे (शिकायती लहजे में), हमें भी साथ ले लेते, हमें तो बताते, हम साथ होते तो अच्छा रहता।"

"तब की बात और थी गुरु! इतना झमेला होगा, थोड़ी किसी को पता था, अब सामने दिख रहा है। फिर आँखों देखी मक्खी तो नहीं गुटकी जा सकती।"

"ठीक है दोस्त! मगर कहीं घूमने-फिरने में तो साथ रहोगे कि नहीं? यह भी बताते जाओ।"

"उसके लिए चौबीस घंटे तुम्हारे साथ हैं, बस तुम्हारे केस को छोड़कर। अब मैं चलता हूँ, घर में बिना बताए ही तुम्हारे घर आ गया था।"

"ठीक है, निकल जाओ भाई, कहीं मम्मी गुस्सा न करने लगें।"

शिवेंद्र के जाते ही मोहल्ले का दस-बारह साल का बच्चा घर आता है।

"विक्रम भैया!"

"अरे बोलो गुल्लू, का चानें?"

"भैया, हमें कछु नै चानें। आपखों वे बाहर खड़े भाईसाहब पूछ रये हैं, उनने कई हे, विक्रम भैया खों बुला लाओ।"

"अच्छा, चलो देखत हैं।"

घर से बाहर निकलकर देखने पर सड़क के बीचोबीच खड़ा निकुंज असहज होते हुए इंतजार कर रहा होता है।

"(आश्चर्य से) अरे निकुंज भाई! मेरे घर कैसे आना हो गया?"

"विक्रम भाई, आपको सरदार भाई याद कर रहे हैं। उन्होंने कहा है, साथ लेकर आ जाओ।"

विक्रम (बहाना बनाते हुए), "निकुंज भाई, मुझे चलने में कोई परेशानी नहीं है, लेकिन अभी एक रिश्तेदारी में जाना है, यदि नहीं जाऊँगा तो पिताजी,

जीते–जी मुझे खा जाएँगे। हम लोग कल का रख लेते हैं। मैं खुद ही सरदार भाई के ऑफिस पहुँच जाऊँगा।"

"वह तो ठीक है, लो मैं सरदार भाई से आपकी बात करा देता हूँ।"

सरदार सिंह को फोन लगाते हुए, "हाँ, सरदार भाई, विक्रम भाई मिल गए हैं, वे बोल रहे हैं कि कल का रख लो। लो, आप ही बात कर लो," मोबाइल विक्रम को देते हुए।

"सरदार भाई, नमस्कार।"

"विक्रम, क्या हाल हैं भाई, बहुत दिनों से मिल ही नहीं रहे हो। निकुंज के साथ आ जाओ यार! थोड़ी बात करनी है, फिर साथ में आपको हमारा फार्म हाउस घुमा देते हैं।"

"सरदार भाई, मेरी आज की समस्या मैंने निकुंज भाई को बता दी है, यदि कल का रख लेते तो मेरी समस्या का हल भी हो जाता और बिल्कुल फ्री होकर आपको पूरा समय दे देता।"

"फिर ऐसा करो, मोबाइल निकुंज को दे दो, मैं समझा दे रहा हूँ उसे।"

"ठीक है, लीजिए निकुंज भाई, बात कर लीजिए।"

"निकुंज, कल एक बजे, इन्हें लेकर तुम फार्म हाउस निकल जाना, मैं अपने समय पर पहुँच जाऊँगा।

"जी सरदार भाई!"

"विक्रम भाई, कल एक बजे हम लोग चलते हैं। मैं यहीं घर लेने आपको आ जाऊँगा।"

"अरे नहीं निकुंज भाई! घर आने की तकलीफ क्यों करते हैं? मेरा नंबर लिख लीजिए, मैं खुद आपके पास आ जाऊँगा।"

निकुंज तो चला जाता है, लेकिन विक्रम के सामने एक बड़ी समस्या छोड़ जाता है।

विक्रम सोचता है कि यह निकुंज कोई सही आदमी नहीं है। नंबर वन का अपराधी है, अगर यह मुझे घर तक ढूँढ़ता हुआ आ गया है तो जरूर कोई बड़ी घटना घटित होनेवाली होगी, वरना आज जो इसने पोजीशन बना ली है, उसके हिसाब से उसका यहाँ आना महज इत्तेफाक या सामान्य बात नहीं हो सकती। यह

सरदार सिंह के साथ हमेशा रहता है, इसलिए बड़े-बड़े कांड करके भी इस पर आँच नहीं आती। सरदार ने इससे बुलवाया है। ऑफिस होता तो कोई बात नहीं थी, लेकिन फार्म हाउस जाने के लिए कहा है, यदि सरदार सिंह के फार्म हाउस पर गया तो शायद जिंदा लौटना मुश्किल होगा, क्योंकि आए दिन कुछ-न-कुछ घटनाएँ फार्म हाउस से लगे जंगल की सुनने को मिल ही जाती हैं। और जाने में आनाकानी की तो यह मुझे उठवा तो लेगा ही, परिवार परेशान हो जाएगा, वह अलग।

सच तो यह है, कुछ समस्याएँ सिर्फ समस्याएँ नहीं होतीं, बल्कि जी का जंजाल होती हैं। हम सोचते हैं कि आज तक जो हुआ, वह कठिन नहीं था, जितना कठिन दौर यह है। लेकिन वास्तविकता यह है, दुनिया में सिर्फ समस्याएँ ही मनुष्य को तोड़ती हैं। गिने-चुने ही लड़कर वापस लौटते हैं। वैसे मरना तो सभी को है, आज नहीं तो कल। आज समझ में आया कि लोग भ्रष्टाचार से लड़ना क्यों नहीं चाहते, क्योंकि वे जानते हैं, वर्षों तक लड़ाई, दुनिया भर की झंझटें अलग।

घर में अंदर से माँ आवाज देती है।

अपने कमरे का दरवाजा खोलकर—"हाँ मम्मी!"

"जो को आओ तो?"

"मम्मी, हमाओ पुरानो दोस्त आए, मिलवे आओ हतो।"

"देखो बेटा, जे बात को ध्यान रखियो, आँखें अकेली सामने नै होत आएँ, सिर में पीछे भी होत हें। जोन भी कदम उठाव, सोच-साझ कें और पूरे आत्मविश्वास से उठाओ, फिर कोई नैं हरा सकत।"

"हओ मम्मी!"

□

भाग-19

दूसरे दिन विक्रम दोपहर बारह बजे शिवेंद्र के घर पहुँचकर शिवेंद्र से कहता है, "हमने सोचा, तुम तो अब मेरे यहाँ आने से रहे, हम ही तुम्हारे घर चले चलें। फिर हमने यह भी सोचा, कहीं तुमने अपने घर के बाहर तख्ती तो नहीं लगवा दी, 'विक्रम का इस घर में आना मना है!'"

"अरे यार, कैसी बातें कर रहे हो, तुम्हारा घर है, कभी भी आ-जा सकते हो।"

"अरे छोड़ो यार, हमारा घर तुम्हारा घर, यह सब चोंचलेबाजी है और कुछ नहीं। मैं देख रहा हूँ, साले कुछ लोग दोस्ती के नाम पर धब्बा हैं। (शिवेंद्र को जोश दिलाते हुए) दोस्ती करते ही स्वार्थ के लिए हैं, ताकि साला कभी-न-कभी, कोई-न-कोई तो काम में आ ही जाएगा।"

"तुम मखमली जूते मारने आए हो?"

"अरे यार, तुम अपने ऊपर क्यों ले रहे हो? तुम थोड़ी ऐसे मामूली आदमी हो। मैं गर्व से कहता हूँ, शिवेंद्र मेरा दोस्त है, वह मेरे लिए अपनी जान भी दाँव पर लगा सकता है।"

"इसमें कहने की क्या बात है। कभी भी आजमा लेना, दोस्ती में तो जान हाजिर है।"

"अरे यार, दूसरों से कहने के लिए ठीक है, मजाक भी ठीक है, आजकल लोग मेरे साथ में रहने से भी डरने लगे हैं। वे सोचते हैं, विक्रम कहीं-न-कहीं हमें फँसवा देगा।"

"अरे यार विक्रम, बोलो कहाँ चलना है?"

"पहले घर से बाहर तो निकल, रास्ते में सोचेंगे कि कहाँ चलना है।"

दोनों घर से निकलकर मेन मार्केट पहुँच जाते हैं। तभी निकुंज का फोन आता है।

"हाँ विक्रम भाई, कहाँ हो?"

"मेन मार्केट में हूँ, आप कहाँ हैं?"

"अंडर ब्रिज के आगे टॉकीज के सामने खड़े हैं।"

"हम वहीं आ रहे हैं।"

"किसका फोन था?" शिवेंद्र ने पूछा।

"अरे, एक बहुत बड़ी हस्ती का फोन था, चलो तुम्हें मिलवाता हूँ।"

दोनों टॉकीज के सामने पहुँचकर निकुंज के पास जाकर खड़े हो जाते हैं। विक्रम शिवेंद्र को मिलवाते हुए, "निकुंज भाई, यह मेरा जिगरी दोस्त है।"

हाथ मिलाते हुए निकुंज कहता है, "चलो बैठो गाड़ी में। चलते हैं।"

शिवेंद्र ने पूछा, "कहाँ चल रहे हैं?"

सरदार भाई ने बुलाया है, "अभी मिलकर आते हैं।"

दोनों गाड़ी में बैठ जाते हैं। गाड़ी चलना शुरू होती है, लगभग तीस किलोमीटर चलने पर एक गाँव में रुक जाती है।

निकुंज और उसका साथी गाड़ी से नीचे उतरकर विक्रम से कहते हैं, "विक्रम भाई, आप लोग क्या लोगे? बीड़ी, सिगरेट, गुटका, जो भी लेना हो, बता दीजिए।"

विक्रम ने कहा, "नहीं यार, मैं तो कुछ नहीं लूँगा, लेकिन मेरे शिवेंद्र भाई को चाय और गुटका भिजवा दीजिए।"

इसके बाद गाड़ी कच्चे जंगल के रास्ते पर धीरे-धीरे चलना शुरू हो जाती है। सभी के अपने-अपने दिमाग चल रहे हैं, जहाँ पहले तीस किलोमीटर गाड़ी पौन घंटे में तय करती है, वहीं दूसरे तीस किलोमीटर में चार घंटे ले लेती है। फार्म हाउस पहुँचकर जैसे ही सभी गाड़ी से नीचे उतरते हैं, वैसे ही विक्रम से शिवेंद्र कहता है, "हम लोग गलत जगह आ गए हैं। यह फार्म हाउस बहुत बदनाम है। मेरे पापा जब लकड़ी का टाल चलाते थे, तब लकड़ी की नीलामी में उनके साथ यहाँ के फॉरेस्ट में आया था, तब मुझे जानकारी मिली थी कि यहाँ लोग जंगल में किसी को भी

मारकर फेंक जाते हैं या गाड़ देते हैं। सालों तक उसका पता नहीं चलता। माँ-बाप थाने के चक्कर लगाकर घर बैठ जाते हैं और गुमशुदगी का मामला सॉल्व हो भी जाता है और नहीं भी। मुझे मामला कुछ सही नहीं लग रहा है, जबकि सरदार सिंह से बातचीत तो उसके बँगले और ऑफिस में हो सकती थी, फिर यहाँ क्यों?"

"शिवेंद्र, तुम्हें डर लग रहा है?" विक्रम ने पूछा।

"यार, डरना तो लाजमी है। लेकिन तुम हो, इसलिए अपने आप को मेंटेन किए हूँ।"

"मेरी बात ध्यान से सुनो, शिवेंद्र! मैं जैसा भी कहता जाऊँ, तुम सिर्फ हाँ-में-हाँ मिलाते जाना। देखो, मुझे भी नहीं पता कि यह इतनी दूर क्यों लेकर आया है। तुम सिर्फ इस बात का खयाल रखना, कोई भी बात अपने मन से मत करना, मैं सब सही कर लूँगा।"

"हाँ, ठीक है।" शिवेंद्र ने कहा।

तभी निकुंज ने आवाज दी, "विक्रम भाई, वहाँ कहाँ रुक गए, इधर आओ, बैठो।"

"निकुंज भाई, सरदार भाई कहीं नहीं दिख रहे हैं?" विक्रम ने पूछा।

"वे रास्ते में हैं, आ ही रहे हैं।"

दस ही मिनट के अंदर तीन गाड़ियाँ आती हैं, जिनमें से आड़े, टेढ़े और अच्छे टाइप के लोग उतरते ही आवाज लगाते हैं—"सुखराम, सुखराम!" (फार्म हाउस के वॉचमैन का नाम)

सुखराम—"जी हुजूर।"

"कारतूस की पेटियाँ उठा लाओ।"

"जी हुजूर!"

दो बड़े-बड़े बॉक्स कारतूस से भरे जैसे ही आते हैं तो वे कहते हैं, "इन्हें खोलेगा कौन? तुम्हारा बाप? खोल जल्दी।"

सुखराम दोनों बॉक्स खोलता है, जो कारतूसों से पूरे भरे होते हैं।

फिर वे कहते हैं, "जाओ, बंदूकें उठा लाओ।"

सुखराम चार लोगों के साथ जाकर पंद्रह से बीस बंदूकें उठाकर ले आता है और लाइन से दीवार से टिकाकर चला जाता है।

यह माहौल देख रहा शिवेंद्र विक्रम से कहता है, "ऐसे कारतूस के बॉक्स तो फिल्म 'शोले' में देखे थे, जब जय वीरू को बचाने गब्बर के पास जाता है और वीरू एक-एक बॉक्स में जैसे लात मारता है और वह खुल जाता है। यह कभी नहीं सोचा था कि अपने सामने भी ऐसे ही बॉक्स खुलेंगे। वैसे एक बात कहें, साले तुमने आज वाकई मरवा दिया। थोड़ा और जीते तो कम-से-कम अपने सपने तो पूरे कर लेते।"

"तुम्हें जाना है तो पहले तुम्हें छुड़वा देता हूँ।" विक्रम ने कहा।

"अभी मौसम देखकर तो ऐसा लग रहा है, ये छोड़ने के बहाने एक-एक करके कहानी और खत्म कर देंगे। यदि ये मारने के हिसाब से यहाँ लेकर आए हैं, तो अकेले की बात कहने पर ही इनकी मेहनत आधी हो जाएगी, इसलिए अब तो तुम्हारे साथ ही मरेंगे।"

विक्रम ने पूछा, "फिर अब तुम क्या चाहते हो?"

"मैं तुम्हें जी भरकर गालियाँ देना चाहता हूँ, लेकिन सोचता हूँ, मरना तो है ही, तुम्हें गालियाँ देकर समय बरबाद करने से अच्छा भगवान् नाम ले रहा हूँ, यदि गलती से दो-चार पाप किए होंगे तो कट तो जाएँगे।"

"शिवेंद्र, तुम मेरी कमर के बाजू में हाथ लगाओ।"

कमर पर हाथ लगाते ही, "अबे ये माउजर है।"

"हाँ, अब चुपचाप पीछे से कमर के इस तरफ लगा।"

"अबे, दो-दो माउजर!"

"छह मैगजीन भी हैं। अब सामने की तरफ देख, चाबी लगी बाइक खड़ी है, यदि कुछ गड़बड़ होती है तो तू बाइक से निकल जाना, मैं सबको रोक लूँगा।"

"तुझे माउजर चलानी आती है?"

"बेटा, पाँच साल एन.सी.सी. में रहा हूँ, जहाँ निशानेबाजी सामान्य तरीके से सिखाई जाती है।"

"अब तू बोलना बंद कर दे। मुझे राम-राम का जाप करने दे, यदि निपट गए तो अपना स्वर्ग पक्का हो जाए।"

□

भाग-20

तभी लगातार ठाँय-ठाँय करतीं छह-सात गोलियों के फायर होने की आवाज आती है, सभी लोग फार्म हाउस के गेट की तरफ देखते हैं। सरदार सिंह फायरिंग करते हुए चिल्लाता हुआ आ रहा है, 'हे हे हे हे हे।' सभी दीवार से टिकी बंदूकें एक-एक उठाना शुरू कर देते हैं। पल भर को लगता है, जैसे डकैतों के गिरोह के बीच में फँस गए हैं। ऐसी स्थिति सामान्य परिवार से निकले, पढ़े-लिखे, मध्यमवर्गीय युवाओं की, जिन्होंने ऐसा माहौल कभी देखा ही न हो, घबराहट पैदा करने के साथ डर और असंतोष पैदा करती है। जहाँ एक ओर शिवेंद्र घबरा रहा था, वहीं दूसरी ओर विक्रम के सामने दो परिस्थितियाँ थीं, या तो परिस्थिति को सामान्य बनाकर इन्हीं की तरह माहौल में सम्मिलित हुआ जाए और अपने अनुकूल माहौल बनाया जाए या फिर बगावत। विक्रम ने शिवेंद्र से कहा, "देखो शिवेंद्र, सबकुछ सही होगा, तुम सिर्फ अपने आप को मेंटेन रखो।"

"विक्रम भाई, मेरी तरफ से निश्चिंत हो जाओ, अब जो होना होगा, सो होगा, मुझे तुम पर यकीन है।"

विक्रम सोच रहा था कि किसी भी तरह पहले शिवेंद्र को यहाँ से निकाल देना चाहिए। बेचारा मेरे लिए क्यों बेमौत मारा जाए। माहौल ऐसा बना हुआ है, जैसे पतले तारों के पिंजरे में हिरन छटपटा रहा हो और बाहर भूखा शेर जल्द ही पिंजरा तोड़कर हिरन को अपना शिकार बना ही लेना चाहता हो।

"शिवेंद्र, तुम जल्दी सुखराम के पास किचन में जाओ और उससे पूछकर आओ, क्या सरदार भाई हर रोज यहाँ पार्टी मनाने आते हैं?"

शिवेंद्र धीरे से सुखराम के पास पहुँचता है।

"सुखरामजी, आपका तो पूरा परिवार यहीं रहता होगा।"

"हओ हुजूर, मालक को आशीर्वाद है, सो सब जनें, इतईं लगे हें।"

"अरे वाह, सरदार भाई तो हर रोज यहाँ आते होंगे।"

"कहाँ हुजूर, महीना में एकाध बार ही आत हें। ये महीना में पहली बार आए हें, हुजूर दो दिना पेलें तो लौटे हें हैदराबाद सें।"

"अरे वाह, तुम्हें तो सब पता चल जात हुइए के को कहाँ जात हे।"

"कहाँ पता चलत हे हुजूर, बे तो बड़े भैया आए ते, पाँच-छह दिना पेलें सो बेई बता रये ते के सरदार मालक हैदराबाद में हें, एक-दो दिना में आहें, सोई पता चली हमें।"

"अच्छा सुखराम, तुम अपनों काम करो, हम सरदार भाई से मिल लयें।"

"हओ हुजूर!"

"विक्रम, सरदार दो दिन पहले ही हैदराबाद से लौटा है, यहाँ महीने में एकाध बार ही आता है।"

"शिवेंद्र, ये लोग मुझसे बात करेंगे, तुम सरदार से मिलकर मेरे पास मत रुकना और सिर्फ घूमते रहना। धीरे से लोगों की बातें सुनना। यदि कुछ मामला समझ में आ जाए, तो बताना।"

"हाँ, मैं करता हूँ।"

कुछ ही मिनटों में सरदार सिंह विक्रम और शिवेंद्र के पास है।

"क्या विक्रम भाई, कुछ अता-पता ही नहीं है आपका। हम लोग हमेशा बीच-बीच में आपकी चर्चा कर लेते हैं।"

"सरदार भाई, आपकी एक शिकायत तो वाजिब नहीं है कि मेरा अता-पता नहीं। भाई, कुछ दिनों पहले ही आपके ऑफिस गया था, पता चला शहंशाह-ए-आलम हैदराबाद में हैं। इसका मतलब यह है, दोनों तरफ लगी है आग बराबर, कभी वह हमको, कभी हम उनको ढूँढ़ते हैं।"

"अरे, यह किसका शेर है?"

"सरकार, यह शेर नहीं, आपके लिए सवा शेर है।"

सभी जोरों से ठहाके लगाने लगते हैं।

चार टेबल एक साथ लगाकर सजा दी गई हैं, जिसके चारों ओर कुरसियाँ

सटाकर बिछा दी गई हैं। अलग-अलग ब्रांड की बोतलें टेबल पर ऐसे सजी हैं, जैसे कोई प्रेमिका पहली बार सज-धजकर अपने प्रेमी से मिलने आई हो।

"आओ बैठते हैं।" सरदार ने कहा तो सभी लोग कुरसियों पर बैठ जाते हैं। कुछ लोग जमीन पर एक तरफ बैठ जाते हैं।

"क्या लोगे विक्रम भाई? व्हिस्की या रम?" सरदार सिंह ने पूछा।

"सरदार भाई, मैं शराब कभी नहीं पीता। निकुंज भाई को तो पता है।"

"विक्रम भाई, सरदार भाई ने आपसे दोस्ती की है, शायद आपको पता नहीं, सरदार भाई के साथ बैठने को अच्छे-अच्छे लोग तरसते हैं। जिस दोस्ती में जाम न हो, वह दोस्ती कैसी? इसलिए इनकार का तो सवाल ही पैदा नहीं होता। क्यों सरदार भाई, ठीक कह रहा हूँ?"

"निकुंज बिल्कुल सही कह रहा है। दोस्ती में तो यह चलता है, मैं तो कहता हूँ कि जाम और दोस्ती का दस्तूर है, जाम नहीं तो दोस्ती कैसी? वह कहते हैं न—'हम प्याला, हम निवाला'।" अब तुम बताओ कि क्या तुम्हें मेरी दोस्ती पसंद नहीं?"

"क्या बात कर रहे हैं, सरदार भाई! दोस्ती में शर्त नहीं होती, लेकिन आपकी खातिर, आपके लिए, तो आपके हाथ से तो जहर भी पी लूँ, फिर यह तो शराब है।"

"बताओ कौन सा ब्रांड मँगवाऊँ, क्या लोगे?"

"सरदार भाई, जो आप लेंगे, वही मैं ले लूँगा।" विक्रम हँसकर बोला।

एक्स्ट्रा लार्ज पेग बनाकर सरदार ने अपने हाथ से विक्रम को देते हुए कहा, "नाक बंद करो, एक साँस में पूरा ले जाओ। यह जाम है, अपनी दोस्ती के नाम, चीयर्स!"

"सरदार भाई, पहला जाम तो दुश्मनों के साथ ही लिया जाता है, गाढ़ी दोस्ती की निशानी तो दूसरे जाम को टकराना है।" निकुंज बोला।

"इसमें क्या बड़ी बात है, जैसा एक वैसा दो। (कहकहे लगाते हुए) यह लो विक्रम भाई," हाथ में दूसरा एक्स्ट्रा लार्ज पेग देते हुए, "वह आपके साथी कहाँ गए? उन्हें भी बुलाओ।"

"सरदार भाई, उसे एक जगह बैठने में दिक्कत होती है।"

दूसरों से घुलता-मिलता शिवेंद्र एक हाथ में पेग लिये खड़ा था।

विक्रम आवाज देते हुए, "अरे शिवेंद्र भाई, सरदार भाई बुला रहे हैं, इधर आओ, मेरे पास बैठो।" बाजू में बैठे व्यक्ति से कुरसी खाली करवाते हुए।

"आपने अपना ब्रांड ले लिया?" निकुंज ने शिवेंद्र से पूछा।

"सरदार भाई, हम तो कभी-कभार पी लेते हैं, इसलिए हम आपसे बिना पूछे ही भाई लोगों के साथ शुरू हो गए थे।"

"अरे, तुम तो अपनी बिरादरी के निकले। ऐसे लोग हमें बहुत अच्छे लगते हैं, जो बिना किसी संकोच के शुरू हो जाते हैं।" सरदार ने पेग बनाते हुए कहा।

"सरदार भाई, मैंने कभी मांस नहीं खाया, लेकिन मन करता है, आज खा ही लूँ। फिर भी नहीं खाऊँगा, क्योंकि इतने सालों से शाकाहारी हूँ। खाऊँगा तो पाप लगेगा।" निकुंज कहने लगा।

सरदार ने कहा (अपने आप को ज्ञानवान सिद्ध करते हुए), "अरे भाई, नहीं खाओगे, तब पाप लगेगा, क्योंकि यह बात अगर आपके मन में आ गई है, मतलब खाने के समान ही तो हो गया। धर्म का आधार ही मन है, मन के हारे हार और मन के जीते जीत। आप मन से हार गए हैं तो फिर दिल से खाना, सुखराम को बुलाओ।"

एक आदमी सुखराम को बुलाकर ले आता है।

"जी हुजूर!"

तभी शिवेंद्र ने जो देखा और सुना, वह विक्रम को धीरे से नीचे सिर झुकाकर बताता है, "विक्रम, तुम्हें भरपेट शराब पिलाने का प्लान है, फिर इसके बाद क्या होगा, पता नहीं है।"

"विक्रम भाई, तुम तो मुरगा खाते ही होगे?" निकुंज ने पूछा।

"नहीं निकुंज भाई, आपने मेरी शराब उतार दी। मेरे मन में कभी भी नहीं आया कि मांसाहारी हो जाना चाहिए। यदि देख लिया तो मुझे उलटी हो जाएगी। आप लोग शौक से लीजिएगा, मैं कुरसी लेकर दूर बैठ जाऊँगा।"

सरदार ने कहा, "चलो, अभी तो एन्जॉय करो। सुखराम, आधा घंटे बाद भुना मुरगा बनाना और मुरगे की गरदन काटकर टेबल के बीचोबीच रख देना।"

"जी हुजूर!" सुखराम चला जाता है।

"निकुंज, मुरगे की कटी गरदन देखना अभी, उसकी जब चोंच चलती है चों-चों-चों, तो बहुत मजा आता है और धीरे-धीरे उसकी जब गरदन गोल-गोल घूमेगी, तब देखना। मुझे उसका चोंच चलाते हुए देखना बहुत अच्छा लगता है। तुमने देखी है कभी?"

"नहीं गुरु, आज पहली बार देखूँगा। मगर गुरु, शिकार करने नहीं चलना है, देर हो रही है। आप और विक्रम भाई ने दो बोतल खाली कर दीं।" निकुंज ने कहा।

"अभी कितने बज गए?" सरदार ने पूछा।

"गुरु, साढ़े ग्यारह बज रहे हैं।"

"हम लोग पूरे साढ़े बारह बजे यहाँ से चलेंगे।"

"सरदार भाई, आप सब लोग नॉनवेज लेंगे और हम ठहरे शाकाहारी, इसलिए हम लोग दूसरी जगह बैठ जाते हैं। आप लोग नॉनवेज लें।"

"दूसरी-तीसरी जगह का कोई काम नहीं है, सब यहीं बैठेंगे।" निकुंज ने नशे में कहा।

"सरदार भाई, फिर एक ही उपचार बचता है कि हमारा यहाँ से चले जाना ही ठीक रहेगा।"

"तुम निकुंज माऽऽऽ चुप नहीं रह पा रहे। विक्रम भाई, नशे की धुन में जो काम है, उसकी बात कर लेते हैं।"

"हाँ, बोलो न सरदार भाई, मैंने कहा आपके लिए जान हाजिर है।"

"ड्रग ऑफिसर का केस निपटाओ, सुलझाओ। तुम भी फ्री हो जाओ और वह भी।"

"सरदार भाई, यह आपको मालूम ही होगा, हमने आज तक इस मामले में किसी को लिफ्ट नहीं मारी, लेकिन आपने कहा है, इसलिए एक-दो दिन का समय दो हमें, फिर फ्रेश मूड में आपके ऑफिस में बैठ लेते हैं।"

"कोई समय-वमय नहीं। इसी वक्त फैसला होना चाहिए। सरदार भाई, क्यों टाइम बरवाद करते हो, यह यहाँ से जाएगा और सीधे कंप्लेंट करेगा। इसका यही नाटक चलता आ रहा है।" निकुंज ने नशे में कहा।

विक्रम (खड़े होकर), "इसे समझाओ। अक्ल का दुश्मन है यह। हम यहाँ

अकेले इस दोस्त को लेकर आपके पास आ गए, क्या इसलिए यह बेवकूफ समझ रहा है? क्या मुझे पता नहीं कि यहाँ पूरे बियाबान जंगल से ऐसी भी लाशें मिली हैं, जिनकी पहचान तक नहीं हो सकी? और सरदार भाई, इस पर एक बार भरोसा किया था मैंने, जब यह मुझे भी फँसानेवाला था, अब इस पर यकीन करके क्या मैं ऐसे ही चला आऊँगा? अरे, एक दिन का समय जब मैंने लिया था, तो क्या भाँग घोंटने के लिए लिया था वह, कुछ तो मेरी भी प्लानिंग होगी! निकुंज, अब यह नहीं पूछेगा कि क्या तीर मारकर आया हूँ मैं? पूछ, पूछ।"

"विक्रम भाई, जरा शांति से बैठो।" सरदार सिंह ने कहा, "अब यह बताओ, क्या माजरा है?"

"सरदार भाई, अभी कुछ दिनों पहले मैं आपके ऑफिस गया था। मालूम हुआ कि आप हैदराबाद में हैं और पंद्रह दिन बाद लौटेंगे। तो मैं वहाँ से चला गया। अब चार दिन में यह निकुंज मेरे घर पहुँच गया तो मुझे डाउट हुआ। फिर इसने मोबाइल पर बात भी कराई, लेकिन मोबाइल पर कुछ समझ नहीं आता कि कौन हो सकता है! ऐसे में लगा कि सरदार भाई तो शहर में हैं नहीं और यह कुछ बड़ा प्लान करके आया है, इसलिए मैंने सोचा कि इसकी सोच से बड़ा प्लान मुझे जल्दी तैयार करना होगा। मैंने अपना प्लान तैयार करके काररवाई के लिए छोड़ दिया।"

"क्या काररवाई के लिए प्लान किया?" सरदार सिंह ने पूछा।

"सरदार भाई, यह सच है कि मुझे यह बिल्कुल भी यकीन नहीं था कि सरदार भाई मिल सकते हैं, इसलिए मैंने एक कैसेट रिकॉर्ड की, जिसमें कहा है, निकुंज जोकि ज्ञात अपराधी है, जिसके अधिकांश मंत्रियों से संबंध हैं, मुझे सरदार सिंह जोकि मंत्रीजी के पुत्र हैं, ने बुलाया है, यह कहकर उनके फार्म हाउस ले जाने के लिए दबाव बना रहा है। जबकि मुझे आशंका है कि सरदार सिंह शहर में नहीं हैं और मेरी मजबूरी यह है कि क्योंकि मैं ऐसा विवाद नहीं चाहता, जिससे मेरे परिवार पर आँच आए, अत: मैं निकुंज के साथ जा रहा हूँ। यदि मेरे साथ कोई घटना घटित होती है तो उसका दोषी, पूर्णतया निकुंज को माना जाए एवं यही मेरे मुख्य बयान समझे जाएँ। जो बोला है, वही लिखकर भी आया हूँ, जिसका सुबह ही फैक्स मुख्य सचिव भारत, मुख्य सचिव प्रदेश,

प्रधानमंत्री, राष्ट्रपति व डी.जी.पी. के पास पहुँच जाएगा। कैसेट और आवेदन के लिए डी.एस.पी. को शिकायत करके आया हूँ, जो सुबह के ठीक सात बजे मेरे एक मित्र के घर खुद रिसीव कर लेंगे। सरदार भाई, अब मुझे क्या करना चाहिए? आप बताओ?"

"अरे यार, (चेहरे पर गुस्सा और आँखें तरेरकर) अच्छा-भला नशा उतार दिया। यह सब इस माऽऽऽ की वजह से हुआ है। वैसे ही पापाजी के लफड़े फँसे हैं, यदि कोई कारवाई हुई तो विरोधियों को एक घर बैठे मौका हम खुद दे देंगे। सब साले मक्खियों की तरह हाथ धोकर मंत्री पद के पीछे और पड़ जाएँगे। विरोधियों को तो मौका चाहिए और इससे बेहतर मौका और क्या होगा?"

(स्थिति को भाँपते हुए, चेहरे के एक्सप्रेशन से जानकर) विक्रम ने कहा, "सरदार भाई, मुझे इस पर बिल्कुल भी भरोसा नहीं था, यदि थोड़ी सी भी भनक होती कि आप यहाँ पर हो तो मैं भूल से भी कोई एक्शन नहीं लेता। खैर, कोई बात नहीं सरदार भाई, हम लोग परसों आपके ऑफिस में बैठेंगे तो विचार करेंगे, लेकिन आपके साथ वहाँ पर निकुंज नहीं होना चाहिए।"

"हाँ, ठीक है। बैठ लेंगे हम लोग, आप दोपहर के दो बजे आ जाना।"

"सरदार भाई, एक-एक पेग और हो जाए, फिर हमें छुड़वा दो, वरना कल एक नई दुकान खुल जाएगी। अब नॉनवेज तो मैं लेता नहीं हूँ, वरना रुक जाता। लेकिन यहाँ समय ज्यादा हो गया, सो अब मेरा यहाँ रुकना मुझे अपने आप को लेट करना होगा। फिर मुझे सुबह जल्दी जाकर डी.एस.पी. साहब को बताना पड़ेगा कि सरदार भाई मेरे दोस्त हैं, उन्होंने ही बुलाया था।"

"राजू (ड्राइवर को आवाज देते हुए)! विक्रम भैया को जल्दी घर छोड़कर आ जाओ।"

तीन घंटे के सफर के बाद शिवेंद्र—"मान गए गुरु! क्या वाकई कैसेट और शिकायत कहीं रख गए थे?"

"नहीं। चाणक्य ने सिकंदर को भारत से भगाने के लिए यही हथियार प्रयोग किया था, जिसमें आत्मविश्वास का लेबल खुद के लेबल से सौ गुना अधिक था। और सुन, यह ले जा।"

"अबे! ये लकड़ी के टुकड़े, मतलब कोई हथियार भी नहीं था। हम लोग निहत्थे थे। मगर विक्रम, इस बात का ध्यान रखना चाहिए कि सभी जगह काम दिमाग से ही नहीं होते, अपने पास प्रोटेक्शन के लिए हथियार भी रखना चाहिए।"

"शिवेंद्र, मुझे अपराधी नहीं बनना है, इसलिए हथियार की आवश्यकता नहीं है। चलो, चलते हैं। थोड़ा सो लूँ, पता नहीं कल कौन सी लड़ाई लड़नी पड़े।"

"सरदार सिंह के ऑफिस, परसों मिलने जाओगे क्या?"

"नहीं। आज से सरदार सिंह और निकुंज का भूत उतर गया होगा। वे समझ गए होंगे, अब यहाँ हाथ डालकर गलती नहीं करनी है और अब निकुंज सरदार सिंह के सामने अपनी इमेज बरकरार रखने के लिए सफाई देता रहेगा।"

"चलो, 'जान बची तो लाखों पाए'।"

□

भाग-21

जीवन में आपके द्वारा उठाया गया कोई भी कदम, जो आपके स्वयं के अथवा सामाजिक सिद्धांतों से बाहर है, वह ही चुनौती होती है। वहीं जो व्यक्ति जीवन की प्रत्येक चुनौती को सहज स्वीकार कर ले तो समझिए, उसमें जीवटता कूट-कूट कर भरी है। कई दफा हमारा आत्मविश्वास सातवें आसमान पर होता है, हम हार जाते हैं। इसके पीछे एक ही कारण है, एकाग्रता का न होना। कुछ ऐसा ही विक्रम का आत्मविश्वास है, जो आज सातवें आसमान पर है। उसके मन में लगातार यही चल रहा है कि वह बड़े-बड़े धुरंधरों को चित करके आगे निकल आया है। उसकी जितनी भी समस्याएँ थीं, सभी खत्म हो गई हैं। अब सीधे-सीधे उसके सामने कोई भी आनेवाला नहीं है। लेकिन उसे क्या पता, असली कहानी तो अभी शुरू होनी शेष थी।

ड्रग ऑफिसर का केस न्यायालय पहुँच गया है। आज न्यायालय में पहली पेशी थी।

जज साहब ने कहा, "पब्लिक प्रॉसिक्यूटर मुकदमा पेश करें।"

पब्लिक प्रॉसिक्यूटर—"जी माई लॉर्ड। माई लॉर्ड, केस भ्रष्टाचार निवारण अधिनियम के तहत है। आरोप-पत्र का वाचन करते हुए प्रॉसिक्यूटर ने कहा कि ड्रग एडमिनिस्ट्रेटिव डिपार्टमेंट में पदस्थ ड्रग ऑफिसर आनंद कुमार S/O बिहारीलाल ने ड्रग ऑफिसर रहते हुए लोकसेवक की हैसियत से अपने पदीय कर्तव्य के निर्वहन में फरियादी विक्रम S/O देवनारायण से मेडिकल लाइसेंस बनाने के लिए डेढ़ लाख रुपए की माँग, वैध पारिश्रमिक से भिन्न रहकर की थी। तदुपरांत तुमने फरियादी से उक्त कार्य को करने के लिए पचहत्तर हजार रुपए

प्राप्त करके लोकसेवक होते हुए पद का भ्रष्टाचार एवं अवैध तरीके से दुरुपयोग किया है। क्या आप यह स्वीकार करते हैं?"

"माननीय न्यायाधीश महोदय, यह मेरे ऊपर बेबुनियाद आरोप है। मेरे द्वारा किसी भी तरह से, कभी भी, किसी भी तरह की कोई भी राशि की डिमांड नहीं की गई है। विक्रम के द्वारा मुझ पर किसी दुर्भावनावश या किसी के बहकावे में आकर यह झूठा आरोप लगाया गया है। मैं नहीं जानता कि विक्रम यह क्यों कर रहा है! लेकिन मेरी ईमानदार छवि के चलते कई बड़े लोग डरकर मुझसे दुश्मनी पालकर बैठे थे, अतः मुझे लगता है कि विक्रम ने ऐसे ही भ्रष्टाचारियों के जाल में फँसकर मुझे फँसाने की साजिश की है।"

पब्लिक प्रॉसिक्यूटर—"आपका मतलब यह है कि आपने किसी तरह की रिश्वत नहीं ली और बिना रिश्वत लिये ही आप रँगे हाथों पकड़े गए, जबकि लेन-देन की आपकी सारी बातें रिकॉर्ड हैं।"

ड्रग ऑफिसर की ओर से निजी वकील बेग उस्मान खान—"माननीय न्यायाधीश महोदय, आपके समक्ष हमारे मुवक्किल ने अपनी बात रख दी है। माननीय पब्लिक प्रॉसिक्यूटर साहब दोबारा वही बात पूछकर अदालत का समय बरबाद कर रहे हैं।"

"माननीय न्यायाधीश महोदय, अभी तो केस शुरू भी नहीं हुआ, खान साहब तथ्यों पर पहुँचे बिना ही जल्दबाजी में नजर आ रहे हैं। मैं खान साहब को याद दिला दूँ, एक लोकसेवक के भ्रष्ट होने से पूरे समाज पर बुरा प्रभाव पड़ता है, क्योंकि लोकसेवक समाज के लिए सेवा देनेवाला कर्तव्यशील व्यक्ति होता है, जिसके भ्रष्ट होने से पूरा समाज दूषित हो जाता है। तो खान साहब, मैं आपके मुवक्किल से कुछ पूछ लूँ। फिर देखेंगे, आप क्या तैयारी करके आए हैं?"

"बिल्कुल पूछिए साहब, लेकिन सच के लिए तैयारी की जरूरत नहीं होती।" खान साहब ने कहा।

"तो मैं पूछ रहा था कि आपके हाथ अपने आप कैसे लाल हो गए और जो टेप में रिकॉर्ड है, वह कैसे गलत हो गया?"

"माननीय न्यायाधीश महोदय, उस दिन विक्रम मेरे पास आए थे। चूँकि पहले से ही मेरे एक मित्र, मेरे सामने उस समय वहाँ मौजूद थे, इसलिए विक्रम ने

मुझसे हाथ मिलाया और कहा कि साहब, मैं चलता हूँ। उस वक्त मैं एक फाइल अलमारी में रख रहा था, जैसे ही मैं फाइल रखने के लिए मुड़ा, इन्होंने पैसे मेरे बैग में डाल दिए और मुझसे कहा कि मैं अभी आया। इतना कहकर यह वहाँ से बाहर चले गए। इसके बाद इन्होंने लोकायुक्त पुलिस के साथ अंदर आकर कहा कि सर, पकड़ लीजिए, साहब ने पैसे बैग में रख लिये हैं। मैं घबरा गया, मुझे समझ में ही नहीं आया कि अचानक यह क्या हो गया है! तब तक पुलिस ने मुझे पकड़ लिया। चूँकि विक्रम मुझसे हाथ मिलाकर गए थे, इसलिए मेरे हाथ लाल हो गए। टेप रिकॉर्डर के बारे में मुझे कुछ भी पता नहीं है।"

पब्लिक प्रॉसिक्यूटर—"लेकिन पुलिस ने जो रिपोर्ट दाखिल की है, उसमें तो सिवाए विक्रम के कोई भी वहाँ नहीं था। रिपोर्ट की कॉपी माननीय न्यायाधीश महोदय के समक्ष प्रस्तुत कर दी गई है।"

"माननीय न्यायाधीश महोदय, पुलिस ने क्या लिखा, ऐसा क्यों लिखा, मुझे इसकी कोई जानकारी नहीं है।"

जज साहब—"आज की कारवाई यहीं समाप्त होती है। कल सभी दस्तावेज और साक्ष्य प्रस्तुत करें।"

अगले दिन

पब्लिक प्रॉसिक्यूटर—"माई लॉर्ड, सरकारी गवाह के तौर पर सबसे पहले एस.पी. साहब को बुलाना चाहूँगा।"

"एस.पी. साहब, जज साहब को बताइए कि पूरा माजरा क्या है?"

"माननीय कोर्ट, विक्रम मेरे पास आया, उसने कहा कि ड्रग ऑफिसर ने रिश्वत की माँग की है, जिसकी एफ.आई.आर. मुझे करानी है। हमने एफ.आई.आर. दर्ज कर कारवाई शुरू कर दी, जिसमें पहले टेप में रिकॉर्ड हुई बातचीत के आधार पर हमने अलग-अलग तीन टीमें गठित कीं, जिसमें एक टीम वह थी, जो विक्रम की प्रत्येक गतिविधि पर नजर रखे हुए थी, दूसरी सादी वरदी में ऑफिस के पास मौजूद जनता के बीच खड़ी हुई थी, तीसरी टीम में फॉरेंसिक लेबोरेटरी व पंच साक्षी मौजूद थे। जब तय इशारा पाकर टीम ऑफिस के अंदर पहुँची तो विक्रम ड्रग ऑफिसर के सामने अकेला कुरसी पर बैठा था। उसकी निशानदेही पर हमने पाउडर लगे रुपए बरामद करते हुए जब ड्रग ऑफिसर और

विक्रम के हाथ धुलवाए तो दोनों के हाथ लाल हो गए। सभी पंच साक्षियों की मौजूदगी में हाथों के निशान लेकर पंचनामा तैयार किया और उन्हें गिरफ्तार कर जेल भेज दिया गया।"

"खान साहब! कुछ पूछना चाहेंगे एस.पी. साहब से?"

"शुक्रिया पब्लिक प्रॉसिक्यूटर साहब! माननीय एस.पी. साहब, यदि आपको बाद में बुलाऊँ तो क्या आप आ सकेंगे!"

"जी, बिल्कुल आ जाऊँगा।"

पब्लिक प्रॉसिक्यूटर से—"साहब, आप कंटीन्यू कीजिए।"

पब्लिक प्रॉसिक्यूटर—"मेरे अगले गवाह हैं, इस प्रकरण को जिन्होंने लीड किया है, डी.एस.पी. राजेंद्र। राजेंद्र साहब, प्रकरण संक्षिप्त में बता दीजिए, मैं समझता हूँ कि माननीय जज साहब को पूरा प्रकरण समझ आ चुका है।"

"जज साहब, हम लोगों को जैसे ही सिर और मुँह पर हाथ फेरते हुए विक्रम ने बाहर आकर इशारा किया, तो हम लोग ऑफिस में केबिन के अंदर पहुँच गए। ड्रग ऑफिसर के सामने ही विक्रम बैठा था, उसके बताए अनुसार हमने पूरी काररवाई कर ड्रग ऑफिसर को गिरफ्तार कर लिया।"

"क्या वहाँ कोई और भी मौजूद था?"

"जी नहीं। अकेला विक्रम और ड्रग ऑफिसर के अलावा कोई नहीं था।"

"खान साहब, कोई प्रश्न करना चाहेगे?"

"जी नहीं।"

"मेरे अगले गवाह हैं, पंच साक्षी में मौजूद स्कूल के प्राचार्य।"

"प्राचार्यजी, पंचों में परमेश्वर का निवास होता है, इस प्रकरण में भी आपकी वही भूमिका है, संक्षिप्त में बता दीजिए कि आपने क्या देखा और क्या किया?"

"जज साहब, मेरे सामने ड्रग ऑफिसर और विक्रम के हाथ धुलवाए गए, जिसमें दोनों के हाथ लाल हो गए। पचहत्तर हजार रुपयों की बरामदगी मेरे सामने बैग से हुई, जिसकी पंचनामा रिपोर्ट हमने दर्ज कर हस्ताक्षर कर सुपुर्द कर दी।"

"जब आप केबिन में अंदर गए थे, तब पुलिस टीम और आपके अलावा कोई और भी वहाँ मौजूद था?"

"मेरा ध्यान काररवाई पर था, इसलिए इस बात पर मैंने ध्यान नहीं दिया।"

"ठीक है, आप जा सकते हैं। आपको कोई प्रश्न करना है, खान साहब?"

"जी नहीं, शुक्रिया।"

"अब अंतिम पंच साक्षी को, इरिगेशन के अधिकारी को आपके समक्ष बुलाना चाहूँगा।"

"महोदय, बिल्कुल संक्षिप्त में उस दिन का घटनाक्रम बता दीजिए।"

"जज साहब, उस दिन जो भी हुआ, उसकी रिपोर्ट मैंने सौंप दी है, जोकि मेरे अनुसार पूर्णतया सत्य है।"

पब्लिक प्रॉसिक्यूटर (हाथ में कागज दिखाते हुए)—"क्या यही वह रिपोर्ट है?"

"जी, यही है।"

"ठीक है, अब आप जा सकते हैं।"

"खान साहब, क्या आप कोई प्रश्न करना चाहेंगे?"

"जी नहीं।"

"माननीय न्यायाधीश महोदय, अभी तक आए गवाहों और सबूतों से ये विचारणीय प्रश्न उत्पन्न होते हैं कि क्या आरोपी पद पर पदस्थ रहते हुए, लोकसेवक के कर्तव्यों का निर्वहन करते हुए लोकसेवक था?

"क्या घटना के समय आरोपी ने पद पर पदस्थ रहते हुए, लोकसेवक की हैसियत से अपने पदीय कर्तव्य के निर्वहन के दौरान फरियादी विक्रम से अपने वैध पारिश्रमिक से भिन्न की माँग की है?

"क्या आरोपी ने घटना के समय लोकसेवक की हैसियत से अपने पद का दुरुपयोग करते हुए फरियादी विक्रम से रिश्वत प्राप्त कर आपराधिक दुराचरण किया है?"

माननीय न्यायाधीश महोदय—"प्रस्तुत साक्ष्यों से यह स्पष्ट होता है कि उस समय आरोपी कार्यालय में मौजूद था, उसके पास से रिश्वत की तय राशि बरामद हुई और उसके हाथों का रँग जाना, इस बात को दरशाता है कि भ्रष्टाचार हुआ है।"

जज साहब—"आज के लिए कोर्ट स्थगित की जाती है, अगली पेशी पर मुद्दई समेत अन्य गवाह प्रस्तुत किए जाएँ।"

□

भाग-22

कोर्ट की गैलरी में खान साहब ड्रग ऑफिसर से—"साहब, फैसला तो अपने ही पक्ष में जा सकता है, लेकिन यदि यह जज रहा तो आप मुश्किल में आ जाएँगे, इसलिए फैसला आने से पूर्व इस जज का यहाँ से ट्रांसफर करवाने की कोशिश कीजिएगा।"

"ऐसी बात है तो आप चिंता न करें। ट्रांसफर हो जाएगा, लेकिन थोड़ा समय तो लगेगा ही। तब तक आप एक-दो पेशियाँ बढ़वा लीजिएगा।"

"मामला कठिन है, कल पहले विक्रम को और सुन लेते हैं।"

अगले दिन कोर्ट में पब्लिक प्रॉसिक्यूटर ने विक्रम से कहा, "जज साहब को बताइए, पूरा वाकया क्या था?"

"जज साहब, ड्रग ऑफिसर ने मुझसे पैसे माँगे, पैसे माँगने के दौरान हुई पूरी बातचीत मैंने टेप में रिकॉर्ड कर ली। पैसे के लेन-देन की बातचीत दो किश्तों में पचहत्तर-पचहत्तर हजार रुपए देने की तय हुई। मैं पैसे नहीं देना चाहता था, चूँकि समृद्ध परिवार का न होने के कारण इतनी बड़ी रकम इकट्ठा करना मेरे लिए संभव नहीं था, इसलिए मैंने शिकायत करने का निर्णय लिया और लोकायुक्त पुलिस से शिकायत कर दी। फिर इसके बाद लोकायुक्त एस.पी. द्वारा जो-जो मुझे निर्देश प्राप्त होते रहे, उनका पालन किया और उसी अनुसार पैसे देने की काररवाई की गई।"

"खान साहब, आप कुछ पूछना चाहेंगे?"

"जी योर आनर, मैं विक्रम से कुछ सवाल करना चाहूँगा।"

जज—"इजाजत है।"

"विक्रमजी, यह आप कह रहे हैं कि आपने पैसे दिए हैं, लेकिन अभी तक यह स्पष्ट नहीं हो रहा कि आपने पैसे दिए हैं, बल्कि ऐसा लग रहा है, जैसे कोई खुन्नस या किसी के कहने पर षड्यंत्र रचा गया हो। आप नजर बचाकर पैसे बैग में रखकर, हाथ मिलाकर वहाँ से बाहर आ गए, टीम को इशारा किया, बेचारी पूरी लोकायुक्त की टीम आपके इशारे पर नाचती हुई, एक शरीफ आदमी को गिरफ्तार करके ले गई। एक इज्जतदार आदमी के सम्मान और सामाजिक प्रतिष्ठा को पैरों तले रौंद दिया, तो विक्रमजी, जज साहब को बताइए कि इस नाटक को रचने के लिए आपको या तो मजबूर किया गया है और यदि आपको मजबूर नहीं किया गया तो आपने पैसे लेकर इन्हें बदनाम करने की साजिश की! हाँ या नहीं?"

"वकील साहब, मुझे आपका प्रश्न ही समझ नहीं आ रहा है, आप क्या कह रहे हैं? क्या जानना चाह रहे हैं? मैं ठीक से नहीं समझ पाया।"

"मेरे प्रश्न आपको जल्दी समझ में आ जाएँगे, जब मैं आप पर बीस लाख की मानहानि का दावा करूँगा और जेल भिजवाऊँगा। सीधे-सीधे सवाल का जवाब दीजिए। आपने या तो किसी के साथ षड्यंत्र रचा है या फिर आपने पैसे लेकर इन्हें झूठा फँसाया है?"

"वकील साहब, पैसे देकर तो भ्रष्टाचारी पकड़वाया है, जोकि इन्होंने माँग की थी।"

"तो क्या यह भी सच है कि जब आप पहली दफा ड्रग ऑफिसर से लाइसेंस के संबंध में मिलने गए थे, तब आपके द्वारा दिया गया आवेदन कंप्लीट न होने की वजह से ड्रग ऑफिसर ने आपको ऑफिस से बाहर निकाल दिया था? हाँ या ना?"

"जज साहब, ड्रग ऑफिसर ने फाइल देखे बगैर···"

"विक्रमजी, मैंने पूछा हाँ या ना?" बीच में टोकते हुए बचाव पक्ष के वकील ने कहा।

"लेकिन उन्होंने···"

"मैंने जितना पूछा, सिर्फ उसका जवाब दीजिए आप। अपनी राम कहानी न सुनाएँ—हाँ या ना?"

"हाँ। लेकिन पूरा सच नहीं।"

"मैं बिल्कुल यही जानना चाह रहा था माई लॉर्ड। जब विक्रम पहली बार ड्रग ऑफिसर से मिलने गए थे, तब इन्हें उन्होंने अपने ऑफिस से बाहर निकाल दिया था, क्योंकि इन्होंने कागजात पूरे नहीं किए थे, इसे विक्रम ने अपनी बेइज्जती माना। और जब यह ऑफिस से बाहर निकले, तब गुस्से से आगबबूला होकर बड़बड़ाते हुए यह कहते निकले थे कि इसे मैं नहीं छोड़ूँगा। यहीं से इनके इंतकाम की कहानी शुरू होती है, इन्होंने सोचा कि किसी भी तरह से ड्रग ऑफिसर को फँसाना है। इसके बाद इन्होंने सबसे पहले ऑफिस के प्यून से अच्छे व्यवहार बनाए और लगातार ड्रग ऑफिस आते-जाते रहे। फिर ड्रग ऑफिसर तक पहुँचने के लिए पूरे स्टाफ को अपने व्यवहार के जाल में जकड़ा और जकड़कर पहुँच गए ड्रग ऑफिसर तक। अब तक ऑफिस के किसी भी व्यक्ति को पता नहीं था कि जिस विक्रम को वे अपना भाई समझ रहे हैं, वह उन्हें निगलने के लिए जाल बुन रहा है। एक पूरे विभाग को विश्वास में लेकर जब इन्हें लगने लगा कि अब सबकुछ इनके पक्ष में आ गया है, तब इन्होंने एक शातिर की तरह कहानी रची और पहुँच गए लोकायुक्त विभाग। अब लोकायुक्त विभाग ने पूरी तह तक पहुँचे बगैर कि क्या मामला है, इसके पीछे राज क्या है, जाने बगैर जुट गए किसी जिन्न की तरह शरीफ आदमी को ठिकाने लगाने के लिए। मेरा आपसे अनुरोध है कि मेरा मुवक्किल निर्दोष है, उसे भ्रष्टाचार के मुकदमे से मुक्त कर अपमानित करने के लिए छोटी-मोटी सजा तो दी जा सकती है, लेकिन उसका भविष्य उसके परिवार सहित खराब हो जाए, ऐसा करना तो शायद पाप होगा हुजूर!"

पब्लिक प्रॉसिक्यूटर—"ऑब्जेक्शन माई लॉर्ड। खान साहब मुवक्किल पर दबाव बनाकर और अपनी कल्पित कहानी रचकर कुछ भी मनवाने की कोशिश कर रहे हैं, जबकि सबकुछ रिकॉर्डेड है।"

"माई लॉर्ड, माननीय पब्लिक प्रॉसिक्यूटर साहब ऐसा समझ रहे हैं। जबकि मुख्य गवाह खुद अपने मुँह से कुबूल कर चुका है कि उसकी झड़प हुई थी। मैं कुछ भी मनवाने की कोशिश नहीं कर रहा हूँ, जो सच है, वह बाहर निकालने की कोशिश कर रहा हूँ। मैं अदालत को यह बताने की कोशिश कर रहा हूँ कि पैसे

देते हुए किसी ने भी नहीं देखा, जबकि बदले की भावना स्पष्ट नजर आ रही है। अब सिर्फ हाथ रँगवाकर किसी निर्दोष को सजा तो नहीं दी सकती।"

पब्लिक प्रॉसिक्यूटर—"योर ऑनर, खान साहब शायद भूल रहे हैं कि ड्रग ऑफिसर ने खुद पैसे माँगे थे, टेप ट्रांस्क्रिप्ट में वे खुद हैं, जो पैसे की माँग कर रहे हैं। मान लें कि यह सच है कि ड्रग ऑफिसर और विक्रम की तू-तू मैं-मैं हुई, लेकिन कोई अधिकारी यदि आम नागरिक से पैसे की माँग करता है तो क्या उसे बताकर ट्रैप किया जाएगा? ऐसे ही प्लान तैयार होगा कि वह पैसे कैसे ले सकता है। ईमानदारी और कर्तव्यपरायणता की परीक्षा कैसे होगी? माई लॉर्ड, किसी अधिकारी के पद पर रहते हुए ऐसे ही तो परीक्षा होगी। ड्रग ऑफिसर की आवाज स्पष्ट टेप रिकॉर्ड में सुनी जा सकती है, जिसमें उसने खुद पैसों की माँग की है, जिसकी एक्सपर्ट द्वारा पुष्टि भी हो चुकी है। मैं अदालत से इजाजत चाहता हूँ कि एक बार कैसेट को अदालत में सुनाने की अनुमति दी जाए, ताकि दूध-का-दूध पानी-का-पानी हो सके।"

जज साहब—"इजाजत है।"

अदालत में टेप चालू कर सभी को पब्लिक प्रॉसिक्यूटर ने सुनवाया और कहा, "जज साहब, अब आप समझ सकते हैं किस तरह भ्रष्टाचार की सीमाएँ लाँघी गईं। अब इस पर खान साहब क्या कहेंगे?"

"योर ऑनर, मुझे टेप में सिर्फ कुत्तों के भौंकने की ही आवाजें सुनाई दे रही हैं। माननीय पब्लिक प्रॉसिक्यूटर को यह पता तो होगा ही कि कुत्तों-बिल्लियों के अलावा मिमिक्री आर्टिस्ट आदमियों की भी आवाज बनाकर अपनी जीविका चलाते हैं। फिर भी यह कोशिश अच्छी है। लेकिन ये टेप ट्रांस्क्रिप्ट व इलेक्ट्रॉनिक चीजें कोर्ट में एडमिजिवल नहीं हैं, न ही ये मान्य हैं। माननीय अदालत से विक्रम को दोबारा विटनेस बॉक्स में बुलाने की अनुमति चाहता हूँ।"

जज साहब—"इजाजत है।"

"हाँ तो विक्रमजी, आपने नजर बचाकर जब ड्रग ऑफिसर की टेबल पर रखे बैग में उनकी जानकारी के बगैर पैसे रखे थे, तब आप हड़बड़ाहट में यह भी भूल गए कि आपके लिए, आपके ही पीछे बैठे व्यक्ति की नजर आप पर है?"

"मुझे पता नहीं था वकील साहब, आपकी आँखें महाभारत के संजय की तरह हैं, जो घर में बैठे ही कहाँ क्या हो रहा है, वह सबकुछ देख सकती हैं? जब ड्रग ऑफिसर केबिन में था, उस वक्त मेरे अलावा केबिन के अंदर सिवाए ड्रग ऑफिसर के कोई भी नहीं था।"

पब्लिक प्रॉसिक्यूटर—"योर ऑनर! खान साहब बेबुनियाद प्रश्नों में उलझाकर अदालत का समय बरबाद कर रहे हैं।"

"माई लॉर्ड, मेरा कोई भी प्रश्न बेबुनियाद नहीं है, यहाँ सवाल किसी के परिवार के भविष्य का है, जिसके लिए केस की तह तक जाना अनिवार्य है। लोकायुक्त का क्या है साहब, कोई काम-धंधा तो उनके पास है नहीं, अब केस तो सालभर रहते नहीं हैं, ऐसे में क्या करें? यह दिखाने के लिए किसी को भी ट्रैप करा दो, कुछ भी, रिकॉर्ड में लाने के चक्कर में। क्या किसी को भी जेल में डालकर उनकी जिंदगी से खिलवाड़ करेंगे? मैं साबित कर दूँगा कि मेरे मुवक्किल ने किसी भी तरह के पैसों की डिमांड नहीं की, बल्कि उसे जानबूझकर फँसाया गया है। अब मैं अपने उस चशमदीद गवाह को बुलाना चाहूँगा, जिसने यह घटना अपनी आँखों के सामने देखी है, माननीय अदालत से उसकी इजाजत चाहता हूँ।"

जज साहब—"बाकी काररवाई कल होगी। तब तक के लिए कोर्ट स्थगित की जाती है।"

□

भाग-23

कोर्ट परिसर से बाहर निकलते ही सड़क पर सामने से चले आ रहे दीक्षित बाबू ने नमस्कार करते हुए विक्रम से कहा, "भाईसाहब! आपने सभी की वाट लगा दी।"

"अरे, क्या हुआ दीक्षितजी? हमने तो वही किया, जो सच था, आप बताओ क्या गलत किया, क्या आप लोगों ने पूरे विभाग को एक दुकान बनाकर नहीं रख दिया?"

"भाईसाहब, मुझसे तो अब हमेशा के लिए यह शहर ही छूट गया। अब हमेशा के लिए मैं यहाँ से चला गया हूँ, मेरे अपने-पराए, रोज मिलनेवाले अब कोई भी मुझसे नहीं मिल पाएगा। खैर, सही भी है, अब कम-से-कम शर्मिंदा तो नहीं होना पड़ेगा। यहाँ के लोगों को शिकायत भी नहीं रहेगी।"

"ऐसा क्या हो गया, बाबूजी?"

"भाईसाहब, मेरा ट्रांसफर रायपुर हो गया है, अब बाकी जिंदगी वहीं गुजारेंगे। मैंने सुना था, आज आपके केस की सुनवाई है, सोचा कि चलो साहब से आज आखिरी दफा यहीं मिलता चलूँ। साहब से हैलो-हाय हुआ, लेकिन उन्होंने कोई महत्त्व ही नहीं दिया और निकल गए। अब आपसे मुलाकात हो गई।"

"चलो अच्छा हुआ, आप नए शहर पहुँच गए। अब वहाँ नए लोग, नई कमाई के जरिए होंगे।"

"भाईसाहब, जिसे आप कमाई का जरिया कह रहे हैं, वह देश के सिस्टम की रग-रग में दौड़ते हुए खून की तरह है, अब या तो पूरे खून को शरीर से निकालकर नया सिस्टम बना डालो, जोकि संभव नहीं है, क्योंकि यदि ऐसा

हुआ तो पूरा देश लकवाग्रस्त हो जाएगा या फिर जैसा चल रहा है, वैसा ही चलने दो।"

"बाबूजी, आपका मतलब भ्रष्टाचार खत्म होगा ही नहीं?"

"भाईसाहब, मैं यह तो नहीं कह सकता, लेकिन यह जरूर कह सकता हूँ, जब तक एक साथ सभी जागरूक नहीं होते, तब तक तो संभव नहीं है। यह कम-से-कम मेरी-आपकी जिंदगी में तो संभव नहीं है।"

"ऐसा क्यों, बाबूजी?"

"भाईसाहब, दरअसल यह ईमानदारी और जोश-जवानी लोगों में थोड़े समय तक ही रहती है, फिर धीरे-धीरे साल-दो साल की नौकरी करने के बाद उसी जोश को सिस्टम की धारा में बहना ही पड़ता है और अगर किसी ने थोड़ी बगावत कर भी डाली, तो सिस्टम उसकी खाल खींच लेता है। मतलब उसे कहीं जमने ही नहीं देता। फिर एक उम्र के बाद उस व्यक्ति को लगता है, अब बच्चों को लेकर कहाँ-कहाँ भागूँ? तो फिर वही ईमानदार सिस्टम से समझौता कर लेता है। भाईसाहब, यह सही भी है, कोई भी श्मशान के अंदर अपना घर बनाना तो नहीं चाहेगा।"

"बाबूजी, इसका मतलब सबकुछ ऐसा ही चलता रहेगा?"

"इसमें कोई शक नहीं है, भाईसाहब! हमारा देश कोई राजा-रजवाड़ों का देश तो है नहीं कि थोड़ी सी आबादी के बीच राजा भेष बदलकर चला आया और जो भ्रष्ट है, उसे फाँसी पर लटका दिया। यह लोकतंत्र है और लोकतंत्र में भ्रष्टाचार न हो, यह तो संभव ही नहीं है, क्योंकि लोकतंत्र में लोग सुविधा चाहते हैं और सुविधा ही भ्रष्टाचार है। अब आवश्यक अंग को आप काटकर तो नहीं फेंक सकते? एडजस्ट तो करना ही पड़ेगा!"

"बाबूजी, आपके कहने का तात्पर्य है कि सभी भ्रष्ट हैं?"

"भाईसाहब, ईमानदार उँगलियों पर गिने जा सकते हैं, लेकिन लाशों के बीच रहकर कोई कब तक जिंदा रह सकता है? कभी-न-कभी तो उसे भी मरना ही होगा, फिर चाहे वह अपनी बीवी की फरमाइश पर मरे या बच्चों की जरूरतों के लिए या फिर बहती धारा के अनुसार बहना शुरू कर दे, जिसके लिए ढेरों कारण हैं बेईमान बनने के लिए। लेकिन ईमानदार रहने के लिए सिर्फ एक ही

कारण है, वह है, सिर्फ ईमानदारी। दुनिया में लोगों के लिए ऑप्शन चाहिए, वह भी ढेरों। अब ईमानदारी में तो कोई ऑप्शन है ही नहीं। इसलिए फिर सौ में से निन्यानबे बेईमान बनना पसंद कर लेते हैं। मैं तो आपको भी यही उचित सलाह दूँगा कि अपने बयान बदल लीजिए, आप कहें तो मैं साहब से अभी मिलकर बातचीत कर लूँगा, आपके भी ऐश हो जाएँगे।"

"बाबूजी, अब तो यह संभव ही नहीं रहा।"

"भाईसाहब, कोई भी चीज असंभव नहीं, सबकुछ संभव है, आप एक बार हाँ तो कीजिए, फिर देखिए चमत्कार।"

"बाबूजी, लगभग दो साल हो गए हैं लड़ते-लड़ते। हिम्मत भी टूटने लगी है। ऐसे में जब यहाँ तक का लंबा सफर तय कर ही लिया है, तब ऐसी स्थिति में पीछे हटना अपने आप से बेईमानी होगी। अभी जो मेरे साथी मुझे सम्मान देते हैं, वे भी फिर मुझे हेय दृष्टि से देखने लगेंगे।"

"भाईसाहब, ऐसी धारणा आपने अपने मन में बना रखी है। कोई कुछ भी सोचनेवाला नहीं है। आपके बारे में सब सोचें, इतना किसी के पास समय नहीं है। यह सिद्धांतवादिता न तो आपको सम्मान दिलानेवाली है और न ही आपको महान् बनाएगी। यह कोई सतयुग नहीं है कि सत्य ही सबकुछ है। यह कलयुग है, यहाँ ईमानदारी लोहे के भाव के बराबर भी नहीं है और बेईमानी की कीमत हीरे की तरह है। यह वह सब्जी मंडी है, जहाँ सोना तराजू में तौलनेवाले बाट की तरह उपयोग किया जाता है। बेईमानी को सुनार की तिजोरी में रखकर सहेजा जाता है।"

"बाबूजी, आपका मतलब अपने आप को बेच दूँ?"

"भाईसाहब, यदि आप ऐसा करेंगे तो खुद अपने आप के ऊपर ही अहसान करेंगे और दुनिया में अकेले आप ही थोड़ी हैं! हर रोज लाखों लोग ऐसा ही करते हैं। आज लोग आपको पूछ रहे हैं, आपके पास आ रहे हैं, कल जैसे ही आपके बयान हुए कि आपको कोई नहीं पहचाननेवाला। लौटे बाराती और कोर्ट के बाहर निकली गवाही की कोई कीमत और सम्मान नहीं होता। आज आप विनर हैं और आपका बयान न बदलने का निर्णय आपको लूजर बनाकर रख देगा।"

"बाबूजी, कल कोर्ट में मेरे बयान हैं।"

"अरे भाईसाहब, यह कौन सी बड़ी बात है। कह देना मुझे लूज मोशन हो रहे हैं, अभी बयान देने की कंडीशन में नहीं हूँ। मुझे अगली कल या परसों की तारीख दे दीजिए। जज साहब या तो परसों की तारीख दे देंगे या फिर पाँच-दस दिन बाद की। इतने में पूरा सेटलमेंट हो जाएगा।"

"मतलब लूज मोशन सारी चीजें लूज कर देगा।"

"हाँ भाईसाहब, आप कहें तो मैं अभी साहब के घर चला जाऊँ?"

"मुझे थोड़ा सोचने का वक्त दीजिए बाबूजी, अपने आप को तैयार भी कर पाता हूँ या नहीं। इसके लिए थोड़ा समय तो चाहिए ही।"

"भाईसाहब, ज्यादा सोचने की बिल्कुल भी जरूरत नहीं। हमेशा ज्यादा सोचनेवालों के फैसले गलत होते हैं। जो करना है, उसका तत्काल निर्णय होना ही चाहिए। निर्णय लेने में देर का मतलब निर्णय औचित्यहीन हुआ। आप समझदार हैं। मेरी बात को जब आप दिल की गहराई में उतरकर सोचेंगे, तब समझ आएगा कि सिर्फ आपका फायदा-ही-फायदा है।"

"बाबूजी, लोकायुक्त मुझ पर केस नहीं ठोक देगा? उलटा, मैं खुद नहीं फँस जाऊँगा?"

"भाईसाहब, एकाध केस सुना हो तो हमें बता दो, यदि आपने कभी भी सुना हो! कोर्ट के बाहर लाखों लोगों के सौदे हो जाते हैं। कोर्ट को सब पता रहता है, लेकिन कभी भी किसी का कुछ नहीं होता। ऐसा ही होता रहा है और ऐसा ही चलता रहेगा। हमारे साहब ने तौलकर गवाह खरीद लिये हैं, यदि आप कोई डिमांड रखते हो तो साहब का काम बहुत आसान हो जाएगा। फिर किसी को न देकर सिर्फ आप ही को देखना पड़ेगा। आपको कहीं भी दिक्कत नहीं होगी। यदि हुई तो तत्काल ही सुलझ भी जाएगी। आप बिल्कुल भी चिंता न करें।"

"ऐसे में अपने आप को बचाने के लिए साहब ने खुद हमें फँसा दिया तो?"

"ऐसा संभव नहीं है। उन्हें सुलझना है किसी भी तरह, क्योंकि आप उनके गले की फाँस बनकर अटके हैं। ऐसे में आप तो उन्हें जीवनदान ही देंगे। उनके लिए तो आप भगवान् के जैसे हो जाएँगे। सोचो, आप किसी का उजड़ता हुआ

जीवन सँवारने जा रहे हैं। आपने जूते मारकर अधमरा भी किया और बचा भी आप ही रहे हैं, कितनी बड़ी बात है।"

"बाबूजी, मुझे दो-चार घंटे का समय दीजिए, फिर इस बारे में बात करता हूँ।"

"ठीक है भाईसाहब, मैं जाकर साहब को बता दे रहा हूँ और आप कहें तो साहब को लेकर सीधे आपके घर आ जाऊँ?"

"अभी रुक जाइए, बाबूजी! इस संदर्भ में थोड़ी देर में बात करूँगा। यदि बात नहीं भी हुई तो चिंता न करें, मेरे द्वारा किया गया लूज मोशन का बहाना आपको प्रसन्न कर देगा।"

"भाईसाहब, आप बहुत बड़ा और अच्छा नेक काम करने जा रहे हैं। इसमें आपका और साहब का दोनों का ही भला है।"

"बाबूजी, अब मुझे इजाजत दीजिए। हम लोग कल सुबह ही कोर्ट में मिलते हैं।"

"अच्छा भाईसाहब, कल पूरे जोश और हिम्मत के साथ आइएगा।"

इसके बाद दीक्षित बाबू और विक्रम अपने अलग-अलग रास्ते निकल जाते हैं।

□

भाग-24

इनसान के जीवन में ऐसा समय भी आता है, जब वह दो धारों के बीच फँसकर या तो चकनाचूर हो जाता है या फिर टूट जाता है। इसके पीछे होती है उसकी संवेदनशीलता। और संवेदनशीलता ही इनसान को कमजोर या ताकतवर बनाती है। अभी विक्रम कोर्ट से घर नहीं पहुँचा था और उसे पता भी नहीं था कि कोई उसका घर पर बैठकर बड़ी बेसब्री से इंतजार कर रहा है।

एक महिला ने जैसे ही घर का दरवाजा खटखटाया, वैसे ही दरवाजा खोलते हुए मधु ने पूछा, "जी, आप कौन हैं?"

महिला ने कहा, "मैं विक्रमजी से मिलने आई हूँ।"

"भैया तो अभी कहीं गए हैं, घर पर नहीं हैं।"

"कोई बात नहीं, आप कौन हैं विक्रम की?"

"मैं उनकी छोटी बहन हूँ।"

"आपकी मम्मी घर पर हैं?" महिला ने प्रश्न किया।

"हाँ जी। वो घर पर ही हैं।"

"उन्हें बुला दीजिए, उनसे बात करनी है।"

"आप अंदर आ जाइए, मैं माँ को बुलाकर लाती हूँ।"

बैठक रूम में बैठते ही विक्रम की माँ आ गईं। उन्हें देखते ही वह महिला माँ के पैरों में लोट गई, माँ ने उसे उठाया और पूछा, "आप कौन हैं और कहाँ से आई हैं?"

"मैं एक मजबूर महिला हूँ माँजी, जो आपसे भीख माँगने आई है।"

"मैं आपको क्या दे सकती हूँ! यदि मेरे बस में हुआ तो जरूर कोशिश करूँगी।"

"आपके बस में सबकुछ है माँजी! आप चाहें तो पल भर में अपना आशीर्वाद देकर मुझे कष्ट से मुक्त कर सकती हैं।"

"आपने तो उलझन में डाल दिया! मैं इतनी पढ़ी-लिखी नहीं हूँ कि गंभीर बातें इशारों में समझ सकूँ। आप साफ-साफ खुलकर बताइए, मैं आपकी क्या मदद कर सकती हूँ?"

"माँजी, आपके बेटे ने जिसे रिश्वत लेते हुए पकड़वाया है, मैं उनकी पत्नी हूँ। आपका आशीर्वाद यदि मिल जाएगा तो मेरे जीवन का कष्ट दूर हो जाएगा। यदि विक्रमजी ने बयान न बदले तो मेरा पूरा परिवार तबाह हो जाएगा।"

"यदि आपको कष्ट था तो पहले ही आ जातीं। गुंडों-बदमाशों से परेशान करवाने से पहले यदि आप आतीं तो शायद विक्रम से कहने का हक मुझे था और मैं जरूर आपकी मदद कर पाती, लेकिन आप लोगों ने उसे इतना कमजोर समझ लिया कि खुद ही लड़ बैठे। अब यदि मैं कहना चाहूँ भी तो उससे किस मुँह से कहूँ? जबकि उसके साथ-साथ उसकी पूरी परेशानियों ने हमें ठीक से सोने भी नहीं दिया। मैं रात-रात भर ईश्वर से सिर्फ यही प्रार्थना करती रही कि कल कोई नई मुसीबत न आ जाए।"

"माँजी! जो हुआ, उसे भूल जाइए। मैं सभी की तरफ से आपके पैर छूकर माफी माँगती हूँ। लेकिन मेरे पति को बचा लीजिए।"

"आपके कहने पर मैं एक बार विक्रम से बात करूँगी, लेकिन वह मेरी बात मानेगा या नहीं, इसका आश्वासन नहीं दे सकती। आप बैठिए, विक्रम आता ही होगा।"

इसी बीच विक्रम आ जाता है। मधु कहती है, "भैया, ये आपसे बात करने आई हैं।"

विक्रम (बैठते हुए), "नमस्कार मैम, आदेश करें।"

महिला अपनी जगह से उठकर विक्रम के पैर छूने लगती है तो विक्रम रोकता है और कहता है, "देखिए, मेरे घर में महिलाओं से पैर नहीं छुआए जाते हैं और आप मेरी माँ के साथ बैठी हैं, मतलब माँ के बराबर ही हैं। आप बताइए, मैं आपके लिए क्या कर सकता हूँ?"

“आप चाहें तो मेरे परिवार को बचा सकते हैं, जिन ड्रग ऑफिसर को आपने पकड़वाया है, मैं उनकी पत्नी हूँ।”

“देखिए, मेरा मकसद किसी के परिवार को परेशान करना नहीं था, इसलिए जिस दिन आपके पति को पकड़वाया था, उसी रात मैंने आपके घर फोन किया था कि कल सुबह आप पैसे न लें, यदि आप पैसे ले लेते हैं तो पकड़े जाएँगे। लेकिन मुझसे कहा गया, ‘आधी रात को फोन कर रहा है, फोन रख पागल’, इसके बाद मेरा कोई उत्तरदायित्व नहीं बचता। यह उनका और परिवार का प्रारब्ध था, जो आगाह करने के बाद भी इस मोड़ तक ले आया।”

“आपका फोन मेरी बेटी ने उठाया था, जब उसने हमें बताया, तब तक काररवाई होनी शुरू हो गई थी। तब मैंने सभी खास-खास लोगों को भी फोन किया, लेकिन तब तक बात हमारे हाथ से निकल चुकी थी, उसी का कारण है कि मुझे जिंदगी में पहली बार आज ऐसी बस्ती में आना पड़ा।”

विक्रम बोला, “हम आपकी पीड़ा गहराई से समझ सकते हैं, लेकिन चिंता न करें, इस बस्ती में भी दो आँखें, एक नाक, सिर, दो हाथ-पैरवाले ही इनसान रहते हैं, जोकि बेहद संवेदनशील भी होते हैं।”

“मेरा ऐसा मतलब नहीं था, आप गलत मत लीजिए।” महिला ने अपना कथन स्पष्ट करने की कोशिश की।

“हर व्यक्ति को अपनी परिस्थिति में रहना बहुत अच्छा लगता है, मैं समझ सकता हूँ, यहाँ की परिस्थिति आपके अनुकूल नहीं है।”

“देखिए विक्रमजी, मेरे पति से जो भी गलती हुई है, उसके लिए उन्हें माफ कर दीजिए।”

“आप ऐसा सोच रही हैं कि मैंने उन्हें माफ नहीं किया! यदि न किया होता तो उस रात आपके घर फोन ही क्यों करता?”

“फिर आप अपने बयान बदल दीजिए और मुझे वचन दीजिए कि कल आप हमारे फेवर में बात करेंगे।”

“मुझे सोचने का अवसर दीजिए। मेरी बात आपके ऑफिस के दीक्षित बाबू से हो गई है, उन्होंने अब तक साहब को बता भी दिया होगा।”

आँखों से बहते हुए आँसुओं के साथ द्रवित होकर—“देखिए विक्रमजी,

आप समझदार हैं। यदि घर में किसी को कष्ट होता है, तब घर की महिलाओं का तनाव सौ गुना अधिक बढ़ जाता है, उनका यह कहना है कि यदि मुझे सजा होती है तो मैं जिंदा नहीं रहूँगा। हमें हर रोज दिन में सौ बार तिल-तिल करके मरना पड़ रहा है। वे रात में उठकर डर के मारे चीखने लगते हैं और कहते हैं—मुझे नहीं जीनी ऐसी जिल्लत भरी जिंदगी! तुम लोग सोच लो, मैं मर गया हूँ। उनके यह शब्द चौबीसों घंटे मेरे कानों में अंगारों की तरह रखे रहते हैं। आप बताओ, हम कैसे जिएँ? किसी भी चीज की कोई सुध ही नहीं रहती। बेसुधगी में कब दिन-रात निकल जाते हैं, पता ही नहीं चलता! विक्रमजी, हम सजा से भी ज्यादा कई गुना अधिक सजा काट चुके हैं। कल जब आप कोर्ट में बयान देने जाएँ तो हमारा दर्द आप अपने साथ महसूस करके जाइएगा। आपने मुझे अपनी माँ समान कहा है। मुझे उम्मीद है कि आपके घर मैं खाली हाथ आई हूँ, लेकिन आपके पास से मैं खाली हाथ नहीं जा रही हूँ।" इतना कहकर वह उठकर चली जाती है।

संवेदनाओं से बढ़कर कोई और दूसरा तीर नहीं होता। कृष्ण ने यही तो किया था महाभारत के युद्ध के दौरान! आधी रात में कर्ण के पास भेज दिया था कुंती को कि जाओ, अपने ज्येष्ठ पुत्र कर्ण को बता दो, तुम उसकी माँ हो। ये अर्जुन, भीम, नकुल, सहदेव, खुद युधिष्ठिर तुम्हारे भाई हैं। कर्ण जब यह सुनेगा तो फिर भावनाओं में बहकर शायद युद्ध नहीं करे। जब इनके पति चोरी करके लाते होंगे, तब शायद एक भी दफा, इन्होंने उनसे यह भी नहीं पूछा होगा कि वह इतना कहाँ से ला रहे हैं! यदि पूछती तो वह कहता कि आज फिर एक मुरगा काट लिया है। अफसोस! उस समय इन्हें यही अच्छा लगता रहा होगा, इसलिए इन्होंने उन्हें यह करने से रोका भी नहीं होगा।

विक्रम के मस्तिष्क में ऐसे कई सवाल चल रहे थे, लेकिन हृदय तो हृदय ही होता है। जब दिमाग काम करना बंद कर दे, तब आराम से दिल को सुनना चाहिए, फिर जो आवाज आए, वही अंतिम सत्य है। विक्रम अपने दिल की बात अब जान चुका था, उसे क्या करना है। निर्णय जो भी हो, सत्य या असत्य, झूठ जीते या सच हारे, सच जीते या झूठ हारे, अब इंतजार सुबह का है। रामानंद सागर की रामायण का गीत बार-बार याद आ रहा था, जहाँ राम और रावण दोनों अगले दिन के युद्ध के लिए रात भर जागकर सोचते हैं—'यही रात अंतिम, यही रात भारी!'

□

भाग-25

इतना आसान नहीं होता बेईमान को बेईमान करार दे देना। उसके लिए ईमान होना पहली शर्त है। एक बेईमान के पीछे एक लंबी लॉबी होती है और ईमानदार के आगे और पीछे कोई नहीं होता, सिवाय उसके ईमान के। अंततोगत्वा आज वह फाइनल दिन आ ही गया, जब कोई निर्णय होगा या नहीं, उस पर फैसला होना है। जज साहब और दोनों पक्षों के वकील आ चुके हैं, विक्रम विटनेस बॉक्स में है।

बचाव पक्ष के वकील खान साहब (विक्रम की तरफ देखते हुए) जज साहब से मुखातिब होकर बोले, "माई लॉर्ड, मुझे ऐसी जानकारी मिली है कि आज विक्रमजी का स्वास्थ्य ठीक नहीं है, इसलिए कोई अगली तारीख यदि चाहें तो वे ले सकते हैं, मुझे कोई एतराज नहीं है।"

पब्लिक प्रॉसिक्यूटर—"योर ऑनर, मुझे विक्रम ने ऐसी कोई इत्तला नहीं दी। मुझे लगता है कि खान साहब सपना देख रहे हैं, फिर भी इनकी संतुष्टि के लिए विक्रम से ही जान लेते हैं—विक्रमजी, क्या आप अस्वस्थ अनुभव कर रहे हैं?"

विक्रम ने कहा, "जज साहब, मैं बिल्कुल ठीक हूँ।"

खान साहब—"योर ऑनर जैसाकि मैंने बताया था कि यह केस भ्रष्टाचार का बनता ही नहीं है, क्योंकि जानबूझकर सोची-समझी साजिश के तहत मेरे क्लाइंट को फँसाने का दुष्चक्र रचा गया है। अब आपसे अपने अहम गवाह को बुलाने की इजाजत चाहता हूँ, जिसकी आँखों के सामने यह दुष्चक्र रचा गया, जिसका नोटिस श्रीमान को मैं दे चुका हूँ।"

जज साहब—"इजाजत है।"

खान साहब आवाज देते हुए जैसे ही गवाह को बुलाते हैं और विक्रम जब अपने सामने गवाह को देखता है तो सन्न होकर रह जाता है। उसे वे सारी बातें आईने पर जमी धूल की तरह स्पष्ट नजर आ जाती हैं, जो उसके छोटे भाई छोटू ने कही थीं—'बड्डे, मेरे सेठ के और आपके दोस्त के परिवार में गहरे पारिवारिक संबंध हैं, इस बात पर ध्यान रखिएगा, क्योंकि मेरा सेठ बहुत बड़ा षड्यंत्रकारी और बदमाश है, इसकी किसी भी बात का भरोसा मत करना। यह कहता कुछ है, करता कुछ है।'

"आप विक्रम को कब से जानते हैं?"

"जज साहब, मैं विक्रम को स्कूली लाइफ से जानता हूँ।"

"विक्रमजी, क्या यह सच कह रहे हैं?"

"जी, बिल्कुल सच कह रहे हैं।"

"आप विक्रम के बारे में जज साहब को कुछ बताएँगे?"

"जी, जज साहब! विक्रम एक अच्छे इनसान हैं, इनमें सिर्फ एक ही खराबी है कि जल्दी ही सनक जाते हैं। हर बात को अपना प्रेस्टीज इशु बना लेते हैं, थोड़ा सा किसी के द्वारा भड़का देने पर किसी के भी पीछे पड़ जाते हैं और जुगत लगाते रहते हैं, इससे बदला कैसे लूँ?"

"अब मैं आपसे कोई सवाल पूछूँ, उससे पहले आपको इस पवित्र पुस्तक की जज साहब के सामने शपथ लेनी है।"

"मैं धृष्टद्युम्न कुमार उर्फ डीके इस पवित्र ग्रंथ की शपथ लेता हूँ, जो कहूँगा, सच कहूँगा, सच के अलावा कुछ नहीं कहूँगा।"

"डीकेजी, आप जज साहब को बताइए कि आपने उस दिन क्या देखा?"

"जज साहब, मैंने देखा, विक्रम जब हड़बड़ाहट में ऑफिस में आए, तो उस समय साहब कोई फाइल अलमारी में रख रहे थे, इन्होंने नमस्कार किया तो साहब ने पलटकर हाथ मिलाया और पलटकर फिर अलमारी में फाइल लगाने लगे, साथ ही विक्रम को बैठने के लिए कहा। इस बीच जब साहब अलमारी की ओर झुके तो विक्रम ने जल्दी से उनके बैग में पैसे रखते हुए कहा, 'अभी आया साहब' और केबिन से बाहर निकल गए। इसके पहले कि मैं कुछ कह पाता,

विक्रम केबिन में पाँच-छह लोगों के साथ तत्काल लौटकर आ गए और कहा, 'पकड़ लीजिए सर, इन्होंने अभी पैसे बैग में रखे हैं।' उन लोगों ने जल्दी साहब के हाथ पकड़े और उन्हें जोर से दो घूँसे लगा दिए। मैं देखकर घबरा गया और केबिन से बाहर की ओर भागा, जहाँ पहले से ही बहुत भीड़ जमा हो चुकी थी। वहाँ खड़े होकर पूरा नजारा देखता रहा। फिर बहुत सारी पुलिस भी आ गई तो मैं वहाँ से निकल आया।"

"जज साहब, इस केस की यही असलियत है।" खान साहब ने कहा।

पब्लिक प्रॉसिक्यूटर—"योर ऑनर, मैं डीके से कुछ सवाल करने की इजाजत चाहता हूँ।"

जज साहब—"इजाजत है।"

"डीकेजी, आप जो अभी अपनी कहानी लेकर आए हैं, इतने दिनों से कहाँ थे और आपने पुलिस के सामने अपने बयान दर्ज क्यों नहीं करवाए? आपको पता है, यदि आपका कथन गलत निकला तो अदालत को गुमराह करने व झूठे बयान देने के जुर्म में जेल जाओगे?"

"जज साहब, उस समय मैं डर गया था कि कहीं मुझे भी न फँसा दिया जाए, लेकिन जब सुना कि एक बेकसूर को इस हद तक विक्रम ने परेशान कर दिया है कि जो अब न तो जी पा रहा है और न ही मर पा रहा है, यदि ऐसे अच्छे आदमी को सजा हो गई तो उसका पूरा परिवार तबाह हो जाएगा, इसलिए मुझसे रहा नहीं गया। भले ही मेरी अब विक्रम से बुराई हो जाए तो हो जाए, लेकिन सच जरूर सबके सामने लाकर रहूँगा।"

विक्रम के पास पहुँचकर पब्लिक प्रॉसिक्यूटर ने पूछा, "विक्रमजी, अभी-अभी जो डीके ने जज साहब को बताया, उसमें कितनी सच्चाई है?"

"जज साहब, एक रत्ती भी सच्चाई नहीं है, क्योंकि वहाँ मेरे अलावा कोई दूसरा था ही नहीं। डीके सरासर झूठ बोल रहा है। लेकिन जज साहब, मैं अब अपनी बात रखना चाहता हूँ। मैं भी अब थक गया हूँ लड़ते-लड़ते। मैं जानता हूँ और यहाँ मौजूद जितने भी लोग हैं, वे भी जानते हैं कि मैंने अब तक जो कहा, वह सौ प्रतिशत सच है। लेकिन सच को झूठ बनाने के लिए बार-बार सच का पोस्टमार्टम ही सिर्फ इसलिए किया जा रहा है, ताकि सच हार जाए और झूठ जीत जाए!

"यह बात आप भी जानते हैं कि मैं सच बोल रहा हूँ, लेकिन सच को घुमाकर जब तक झूठ की लाइन में खड़ा नहीं कर दिया जाता, तब तक यही होता रहेगा। खान साहब का यदि यह गवाह खारिज हो भी जाएगा तो कल दूसरा नया गवाह आ जाएगा, जो कुछ भी नहीं जानता, लेकिन वह भी यही कहेगा कि उस समय वह उसी जगह मौजूद था, जहाँ यह घटना घटित हो रही थी।

"इतने दिनों में मैं यह तो अच्छी तरह समझ गया हूँ कि भ्रष्टाचार से संबंधित किसी भी व्यक्ति पर अब काररवाई या कानून की जगह इसे एक लीगल प्रक्रिया में शामिल कर ही देना चाहिए। जिस देश में लोग भ्रष्टाचार से लड़ने के लिए भ्रष्टाचार को हथियार बनाकर सत्ता हासिल करते हों और फिर उसी भ्रष्टाचार के दम पर चुनाव जीतने के लिए प्रलोभन देकर वोटर को रिझाते हों, वहाँ से भ्रष्टाचार कैसे खत्म हो सकता है? वे वोट खरीदते हैं, वोट बेचते हैं, उसके बाद लगती है कुरसियों की बोली। जिसकी ज्यादा बोली होगी, उसे उतना ज्यादा लाभवाला पद मिलेगा। जो खुद भ्रष्ट है वो और जो भ्रष्ट नहीं है, उन दोनों में बड़ा अंतर है, जज साहब! एक भ्रष्ट बहुत ताकतवर होता है; जो भ्रष्ट नहीं है, वह बहुत कमजोर। अब कमजोर यदि ताकतवर से लड़ेगा तो हर हाल में हारेगा ही, क्योंकि उसकी लड़ने की ज्यादा क्षमता ही नहीं होगी।

"देश में मंत्री-संत्री कितने ही आते-जाते रहें और कहते रहें, भ्रष्टाचार नहीं होने देंगे, लेकिन कभी न तो वे भ्रष्टाचार खत्म कर पाए थे और न ही कर पाएँगे। फिर या तो हम खुद भ्रष्टाचार में लिप्त हैं या फिर उसी भ्रष्ट व्यवस्था का अंग हैं, जो अब खून में शामिल हो चुकी है। भ्रष्टाचार से यदि हमें फायदा हो रहा है तो वह बहुत अच्छा है, किंतु यदि हमें उससे नुकसान की संभावना है तो वह बहुत बुरा है।

"दरअसल पूरा समाज ही दोषी है, वह जिसे भी बहुमत देता है, वही भ्रष्टाचार, गुंडागर्दी, बेरोजगारी, भूख, लानत और बेइज्जत जिंदगी देता चला जाता है। जनतंत्र के नाम पर जो जनता उसे चुनती है, वह उसी से विश्वासघात कर सत्ता लेने के बाद पिछले दरवाजे से अपने ही लोगों को लाभ दिलाना शुरू कर देता है। वह फिर खुशहाली के रंगीन सपने का लोभ दे देता है और जनता फिर उसी उम्मीद के साथ उसके साथ हो लेती है।

"जज साहब, या तो हम बहुत भोले हैं या बेवकूफ! कसम संविधान की खाते हैं और उसका प्रयोग अपने लाभ के लिए कैसे किया जाए, यह पहले सोच लेते हैं! और फिर जज साहब, मेरा ऐसा मानना है कि भ्रष्टाचार की सबसे बड़ी गंगा तो अदालतों से होकर निकलती है। नीचे से ऊपर तक नब्बे प्रतिशत जज खुद भ्रष्ट हैं, जिनके ऊपर सवाल करना या प्रश्न दागने का मतलब ही न्यायपालिका की अवमानना का दोषी करार कर देना है। क्योंकि यह ईमानदार होने का सरल तरीका सुप्रीम कोर्ट ने ही अपनी पुस्तिका में छाप लिया है और वे बन गए देश के सबसे बड़े देवदूत, ताकि कोई उन पर उँगली न उठा सके। यह मेरी व्यक्तिगत मान्यता है, इसलिए मेरा कथन कानून के दायरे में नहीं आता, न ही किसी कोर्ट में इसके लिए मुझे घसीटा जा सकता है। देश में जूरी सिस्टम भी लागू हो सकता था और हो भी सकता है और यदि ऐसा हुआ तो यह गारंटी है कि देश से पचासी प्रतिशत भ्रष्टाचार कम भी हो सकता है, लेकिन मैं जानता हूँ, ऐसा हो नहीं सकेगा, क्योंकि कोई भी सिस्टम नहीं चाहेगा कि उसकी अतिरिक्त आमदनी के स्रोत बंद हो जाएँ!

"जज साहब, ऐसे कहाँ-कहाँ चिथड़े लगेंगे? यदि गरीब को सरकारी मकान चाहिए तो कर्मचारियों का तीस प्रतिशत कमीशन; यदि नौकरी करनी है और योग्यता है तो रिश्वत; यदि कोई शहीद की बेवा है, उसे पेंशन चाहिए तो भी रिश्वत! करोड़ों रुपयों के ठेके ऐसे ही मिलते हैं, पहले रिश्वत, फिर किसी मंत्री-संत्री के खासमखास को ठेका मिल जाता है। तुम भी खाओ, हम भी खाएँ, देश भाड़ में जाए।

"यदि कोई ईमानदार आवाज उठाता है तो या तो उसका पैसों से मुँह बंद कर दिया जाता है या फिर किसी दुर्घटना में उसकी कहानी को ही खत्म कर दिया जाता है। यदि समृद्ध और बाहुबली सरकारी जमीनों पर कब्जा कर लें, अपना मकान दुकान, फैक्टरी आदि सरकारी जमीन पर बना लें तो उनके लिए सरकार एक छोटा सा बिल लाकर सब माफ कर देती है, लेकिन अब यही कोई गरीब करे तो सरकार के नुमाइंदे उसकी जिंदगी की थोड़ी सी पूँजी भी कोर्ट-कचहरी, थानों में लगवाकर सजा तक करवा देते हैं।

"जज साहब, पूरा समाज ही विकृत है। कौन सुधार सकता है, इसे? अरे,

माँ-बाप अपनी बच्चियों के लिए अच्छा समृद्ध परिवार ढूँढ़ते हैं, ताकि बच्ची को कोई दु:ख न हो, अब प्राथमिकता उन्हें दी जाती है, जिनके पास सरकारी नौकरी है। माँ-बाप अपने सरकारी नौकर बेटे की बोली लगाते हैं, क्योंकि सरकारी नौकरों का अभाव है। जो मनचाहा देता है, उसके साथ उसकी शादी हो जाती है। लोग कहते हैं कि राजनीति और सिस्टम भ्रष्ट है, लेकिन मैं डंके की चोट पर कहता हूँ, समाज भ्रष्ट है, इसलिए राजनीति और सिस्टम भ्रष्ट है। जब तक जरूरी चीजों का अभाव रहेगा, जब तक फैसले लेने का अधिकार चंद लोगों के हाथों में रहेगा, सही गलत सोचे बगैर सिर्फ पैसे कमाने का लालच रहेगा, तब तक इस देश में भ्रष्टाचार रहेगा। अब न तो कालिख मिटनेवाली है और न इसे मिटाने के लिए इस प्रयास में समय बरबाद करने की आवश्यकता है। क्योंकि यही हमारे देश का काला चेहरा है, जिसे दूध, घी, मक्खन से साफ नहीं किया जा सकता। इसलिए यह स्लोगन, जो देश में हर जगह चिपका रहता है 'सत्यमेव जयते' इसको बदलकर 'भ्रष्टमेव जयते' लिख दिया जाना चाहिए।"

खान साहब—"जज साहब, अदालत स्पीच नहीं सबूत माँगती है, इस पूरे केस में यह कहीं भी सिद्ध नहीं होता कि हमारे क्लाइंट ने रिश्वत ली है। विक्रम ने इशारा किया और सभी अंदर पहुँच गए और जल्दबाजी में यह तक ध्यान नहीं दिया गया कि कोई वहाँ पहले से मौजूद है। बस कैसे भी गिरफ्तार भर करना था, रिकॉर्ड में अपनी प्रगति दिखानी थी। बस, मेरा आपसे इतना निवेदन है कि फैसला देने से पहले सभी पक्षों पर विचार जरूर करें, क्योंकि यह किसी निर्दोष के पूरे परिवार के भविष्य का सवाल है।"

जज साहब—"दोनों पक्षों की दलीलें और तमाम बयानों को सुनने के बाद भी यह स्थिति स्पष्ट नहीं है कि क्या वाकई ड्रग ऑफिसर ने रिश्वत ली थी! क्योंकि विक्रम का ऑफिस के बाहर आकर इशारा करना और पंच साक्षी के बयानों से यह स्पष्ट होना कि ऑफिस के बाहर लोगों की भीड़ हो गई थी, जो डीके की मौजूदगी कहीं-न-कहीं सिद्ध करती है और साथ ही संदेह की स्थिति भी पैदा करती है। अत: यह अदालत ड्रग ऑफिसर को संदेह का लाभ देते हुए बरी करती है। आज की अदालत यहीं स्थगित की जाती है।"

कोर्ट की गैलरी में खान साहब ने आवाज दी—"विक्रम-विक्रम।"

खान साहब के पास आकर विक्रम मुसकराते हुए, "जी, खान साहब!"

खान साहब ने कहा, "विक्रम, इन केसों में यही होता है। सौ में से एकाध को ही सजा हो पाती है।"

"कोई बात नहीं खान साहब, लड़ाई तो अभी शुरू हुई है।" और हलकी सी मुसकान देकर चला जाता है।

अगले दिन सुबह के सात बजे खट-खट की आवाज सुनकर विक्रम दरवाजा खोलता है और देखता है कि शिवेंद्र सामने खड़ा है।

"अरे, इतने सुबह! क्या बात है शिवेंद्र?"

"कुछ खास नहीं, लेकिन मैंने सोचा कि अभी तुम्हें जानकारी नहीं मिली होगी, इसलिए चला आया। पता है, ड्रग ऑफिसर ने रात में आत्महत्या कर ली, जिसके साथ सुसाइड नोट मिला है। जिसमें लिखा है कि मैं जीत गया, लेकिन मुझे अहसास हुआ है कि मेरा जमीर इस जीत के साथ ही मर गया है, अब सबकुछ मेरे पक्ष में है, लेकिन खुद से खुद के ही विरोध में खड़ा हूँ। बहुत सोचने के बाद एक-एक चित्र मेरी आँखों के सामने आ रहे हैं कि मैंने कितने मजबूर, बेबसों को सिर्फ पैसे के लिए बरबाद किया है। अत: मैं अपने आप को गुनहगार समझता हूँ। मेरी इस आत्मग्लानि पूर्ण आत्महत्या के लिए किसी को भी दोषी न माना जाए।"

इतना सुनकर विक्रम के सामने जैसे अँधेरा छा गया हो, सबकुछ सन्न होकर रह गया।

बेशक विक्रम ने ड्रग ऑफिसर का यह अंत नहीं सोचा था, वह तो उसे सलाखों के पीछे देखना चाहता था। फिर उसे यह सोचकर संतोष हुआ कि लोगों का जमीर अभी पूरी तरह मरा नहीं है और जिनका जमीर जाग उठता है, वे सबकुछ अपने पक्ष में होते हुए भी पक्षद्रोह कर बैठते हैं। वह अब रुकेगा नहीं, अपनी लड़ाई जारी रखेगा।

□□□